우주보다 무거운 것

우주보다 무거운 것

박성용 지음

불멸의 순간,
영웅과 악인의 연대기

좋은땅

"그 사건은 과연 누구를 위해,
무엇을 위해 일어났는가?"

01. 인류의 탄생

지극히 고요한 땅과 어두운 바닷가,
먼 옛날의 흙으로부터,
작은 세포 하나가 시작된다
진동하는 에너지의 미묘한 속삭임으로,
끊임없이 형태를 찾아가는 강렬하고 처절한 여정

고요한 숲과 광활한 초원, 깊은 바다
두려움과 궁금함 속에서 새로운 모습이 탄생한다
초승달이 밝게 빛나는 밤,
알 수 없는 거친 바람에 맞서며 발걸음을 떼어 내는 용기

토끼와 함께 뛰며 숲을 달려가고,
파도의 흐름에 귀 기울여 본다
어깨동무한 늑대와 더불어,
최초의 인간은 높은 산봉우리를 향해 마냥 올라간다

풀이 숲으로, 물이 바닷가로

인류의 진화는 시작이자 끝을 알 수 없는 서곡이다

과연 누구의, 세밀하게 기획된 놀라운 작품이던가?

인류의 탄생

지금부터 약 390만년 전쯤 아프리카 남부에, 인간에 극히 유사한 원숭이나 원숭이에 유사한 인간, 즉 오스트랄로피테쿠스류(類)가 출현했다. 오스트랄로피테쿠스는 현생 인류와는 그 모습이 다르지만, 두 발로 걸을 수 있고, 송곳니가 원숭이와는 다르게 작고 덜 날카롭기 때문에 원숭이에 가까운 인간으로 알려졌다. 1924년에 남아프리카에서 발견됐고 그 후 많은 화석이 발견되었다.

02. 농업혁명

땅이 우리에게 속하던 날,
작은 씨앗 하나가 무작정 담대한 용기를 내비친다
얼어붙은 흙에 손을 대며,
인류의 또 다른 햇살을 높이 올린다

농업의 출발, 그것은 위대함의 새로운 시작
잿빛 구름 위로 붉은 태양이 솟아나며,
인류의 손에서 시작되는 삶의 진솔한 노래

메마른 흙과 노란 태양,
길게 뻗은 논길은 가슴 시린 이야기의 시작

시간에 묻혀 있던 토지의 큰 목소리,
비옥한 흙에서 솟아나는 처절한 삶의 기운,
한 줄기 빛처럼 온 세상을 새롭게 밝힌다

씨앗을 뿌릴 때마다,

또 다른 미래를 심는다

인류의 삶이 풍요롭게 펼쳐진다

농업혁명

야생 곡류는 적어도 105,000년 전에 수집되어 식량으로 쓰였다. BC 9,500년
경부터 시작하여 8개의 신석기 시조 작물은 - 외알밀, 보리, 완두, 렌즈콩, 병
아리콩 및 아마 - 레반트에서 재배되었다. 쌀은 BC 6,200 중국에 의해 순화
하였다. BC 11,000년경 메소포타미아에서 돼지가 가축화되었고, BC 11,000
년에서 9,000년 사이에 양이 가축화되었다.

03. 메소포타미아 문명

붉은 태양이 천천히 떠오르고,

드디어 메소포타미아의 흙도 깨어난다

하늘과 땅이 만나는 그곳,

인류 역사의 고독한 문이 소란스럽게 열린다

유영하는 강물이 시간을 향해 흘러,

물결이 땅을 부드럽게 만든다

비옥한 흙의 숨결로 채워진 땅에,

인간은 서로에게 어깨를 기댄다

흙 속에 씨앗을 뿌려, 발자취를 남기는 그 순간

인류의 작은 문명이 흙 속에서 솟아나면서,

무한한 역사가 시작된다

높은 탑과 바빌론의 공중 정원,

시간이 가면서 번져 가는 도시

메소포타미아의, 인류의 꿈이 피어난다

글자와 수학이 만나 춤추는 곳,
고요한 흙이 나지막이 들려주는 노래
여명의 땅, 태양이 넘치는 메소포타미아

무한한 생명과 역사의 흐름이 흐른다

메소포타미아 문명

메소포타미아는 서아시아의 유프라테스강과 티그리스강의 주변지역(현재의
이라크)을 일컫는다. 메소포타미아는 두 강이 자연적으로 가져다주는 비옥한
토지로 인하여 BC 약 6,000년 구석기 시대에 인간이 정착 주거하기 시작한
이래 점차 인류 고대 문명의 발상지의 하나로 발전하였다. 어원은 '두 江 사이
에 있는 도시'라는 의미를 보여 준다.

04. 고대 이집트 문명

뜨거운 태양이 부드럽게 미소 짓던 그날,
나일 강은 알 수 없는 미소를 보내며 숨 쉬듯 흐른다
강의 물결이 노래하며,
땅은 깨어나며, 신비로운 고대 이집트 문명이 출발한다

황금빛 태양 아래, 흙이 귀금속으로 물들고
기적의 물질로 만들어진 나일 강의 선물,
작은 씨앗이 열린 인류의 또 다른 출발

노예의 손이 그린 선과 동그라미로,
천문학의 고요한 축제가 펼쳐진다

땅과 하늘이 하나가 되는 곳이다

외계인이 만든 피라미드가 솟아오르는 사막,
죽음과 부활의 미스터리

새로운 문명과 파라오는

알 수 없는 신비한 말로 우리에게 가차 없이 명령한다

못 본 척 그냥 지나칠 수는 없었는가?

고대 이집트 문명

고대 이집트는 이집트 나일강 하류와 수에즈 운하 일대에서 번성한 문명 및 국가의 총칭이다. 최전성기인 BC 15세기에는 나일강 삼각주에서 제벨 바르 카까지 세력을 뻗쳤으며 이 시기에는 에티오피아와도 교류하기까지 했다. BC 3,200년부터 BC 332년까지 3천 년 동안 존재했으며 알렉산드로스 대왕의 점령으로 그 막을 내리게 되었다.

05. 로마 공화정

잘 만들어진 처절한 로마의 언덕 위에 피어나는 아침,
꿈과 자유의 바람
신들의 도시, 제국의 기폭제,
가 보지 못한 희망의 문이 열린다

무쇠 같은 의지로 무장한 전사,
로마의 빛나는 상징으로 어디든 다가가리

다양한 민족의 손과 영혼으로 꽃피운 도시
공화정의 출발,
이것은 영원한 시작의 알림

평등의 상징, 법과 제도의 시작
이제 점점 공화정은 세계의 전설로 되어 간다

성스러운 회의장과 하지만 점차 바람에 실리는 정의

또 다른 인간의 미덕이 빛나야 한다

로마의 햇살,
그 타락과 풍요는 지지 않는가?

로마 공화정

로마 공화국(라틴어: Res Publica Romana)은 고대 로마 시대에서 BC 510
년경 왕정을 폐지하고 이후 450여 년간 로마 정치를 이끌었던 공화정 정체(政
體)와 그 정부를 일컫는다. 로마 공화국은 권력의 분리와 견제와 균형 원칙에
중점을 둔 복합적인 정치 체제였다. 오랜 세월 파트리키와 그 밖에 명문가 출
신이 아닌 플레브스가 정치 투쟁을 벌이면서 공화국은 발전했다.

06. 페르시아 전쟁

감히 신들의 땅에 거침없이 부서지는 인간의 발걸음,
맞붙은 수많은 검과 방패의 춤
페르시아의 땅은 피로 물들어,
눈물과 통곡 없이 그 장면을 볼 수 없다

늘 전쟁의 무게가 고요히 내려앉는다

나일 강물이 피로 색이 바뀌던 날,
침략의 화살이 푸른 공중을 가르던 날,
서로 마주 본 두 대륙의 땅,
그나마 역사의 전설과 이야깃거리가 된다

연속되는 목숨을 건 충돌,
치열한 싸움
오만한 제국과 자유의 땅
불타는 아테네의 불꽃 속에 페르시아의 전쟁은 끝이 없다

자유와 독립의 열망
피어난 태양과 승리의 꽃,

그 꽃을 받은 이는 무엇을 생각하는가?

페르시아 전쟁

고대 그리스의 도시국가 연합과 페르시아 제국이 격돌한 전쟁을 말하며, BC 499년에 일어나 BC 450년까지 이어졌다. 페르시아군은 아테나이를 공격하는 길에 마라톤 전투에서 아테나이에 결정적인 패배를 당하고 페르시아의 노력은 당분간 물거품으로 돌아가게 된다. 헬라스 연합군은 반격에 나서 플라타이아이 전투에서 페르시아군을 격퇴하고 그리스 침략을 막아내었다.

07. 알렉산더 대왕의 정복

멀고 먼 유럽의 땅에서, 유난히 검게 빛나던 하나의 별
젊은 알렉산더는 정복의 꿈을 안고 거침없이 떠난다

길게 뻗은 나일 강에 발을 담그며,
미지의 아프리카 땅에도 전에 겪지 못했던 전쟁의 불씨를 불태
운다

두 눈에 힘차게 불타오르는 제국의 꿈
유럽에서 아시아까지 모든 이의 무릎을 꿇게 하는 왕

그의 눈빛에 담긴 붉은 불꽃,
조용한 세계를 바꾸는 역사의 거친 손길
욕망의 대지, 그의 발자취로 고뇌한다

유산은 흐르는 강처럼 고요하지만
인류는 그의 이름을 명심한다

세계는 그의 눈빛으로 물들어져,

그가 흘리게 한 피의 향연은 그저 마냥 슬프고 처참하다

알렉산더 대왕의 정복

BC 356년 펠라에서 태어난 알렉산드로스는 20세의 나이로 아버지 필리포스 2세를 계승해 바실레우스가 되었다. 알렉산드로스는 치세 기간 대부분을 서남아시아와 북아프리카 지역에 대한 미증유의 군사 정복 활동으로 보냈다. 30세가 되었을 때 그리스를 시작으로 남쪽으로는 이집트, 동쪽으로는 인도 북서부에까지 확장되었다. 그 이전까지 고대 서양에 전례가 없던 대제국을 건설했다. 그는 전투에서 패배한 적이 없고, 역사상 가장 성공적인 군사 지도자 중 하나로 평가되고 있다.

08. 진시황의 중국 통일

누구도 모르는 어둠이 강하게 깔린 땅에서,
전에 없던 큰 검은 그림자가 나타난다

병마갱용에 남은 거친 발자취,
고개를 드는 저마다의 용맹한 모습과 기개

잠든 땅이 붉게 물들고 역사의 문이 차츰 열린다
전장을 뒤흔드는 맹렬한 마음의 전사들
피로 물든 꽃잎처럼 피어나고
황제를 위해 희생한다

어디가 끝인지 모를 만리장성,
종적 없이 전장에 피어난 영광과 유물
역사를 강탈하려던 무리의 고통스런 흔적

하지만 폭풍의 전조처럼 찾아온 파멸

어둠은 쉽게 떠나지 않고
그의 나라는 갈라진다

그토록 원하던 불로장생은 어디 갔고
그토록 간절했던 삶은 무엇이던가?

수도 없는 이의 삶을 횡단한 그를 누가 만들었던가?

진시황의 중국 통일

불로불사에 대한 열망이 컸으며, 대규모의 문화 탄압 사건인 분서갱유를 일으켜 수 양제와 더불어 중국 역사상 최대의 폭군이라는 비판을 받았다. 하지만 도량형을 통일하고 전국시대 국가들의 장성을 이어 만리장성을 완성하였다. 분열된 중국을 통일하고 황제 제도와 군현제를 닦음으로써, 이후 2천 년 중국 황조들의 기본틀을 만들었다.

09. 로마 제국의 발전

로마의 태양이 하늘 높게 떠오르던 어느 날,
커다란 제국의 문이 활짝 열리고
놀라운 꿈과 여정이 시작된다

찬란한 투구와 황금빛 날개로 무장한 전사들,
황제의 황금과 도시의 떠들썩한 활기
로마 제국은 자유와 풍요로운 미래를 꿈꾼다

그림자 없는 도시,
잔인한 콜로세움의 환희, 물결치는 포럼,
제국의 번영은 무엇보다 인류의 은밀한 희망

거침없는 제국의 정점에서 시작된 타락과 퇴보,
도통 끝을 알 수 없는 침략과 칼날 위에 선 전쟁

고요한 폐허로 남은 그날,

로마의 고고한 성지가 눈물을 흘린다

찢긴 노예들의 눈물과 함께
로마의 역사는 끝이 없는 강처럼 그저 흐른다

로마 제국의 발전

로마 제국은 지중해를 중심으로 유럽, 북아프리카, 서아시아 등지를 다스린
제국이다. 로마 제국의 전신은 BC 6세기경 왕정을 몰아내고 세워진 로마 공
화정이었다. 아우구스투스 이후 약 200여 년 동안 로마 제국은 기나긴 평화
를 맞았다. 1453년에 오스만 제국의 메흐메트 2세가 콘스탄티노플을 점령하
며 로마 제국이 완전히 멸망하고 말았다.

10. 예수 그리스도의 탄생

세상의 모든 별들이 밝게 떠오른 거룩한 밤,
동방박사들이 들썩이며 바빠지고
헤롯의 도시에는 고요가 흘러간다

마리아의 가슴에 떠오른 조용하고 신성한 지침,
하지만 인류에겐 새로운 시작의 대서사시

간격 없는 별빛이 비치는 낮과 밤,
예수의 외로운 외침과 고달픈 발자국,
그러나 새로운 나라의 문이 열린다

선지자의 말씀이 퍼지는 축복받은 땅과 강,
사람들은 푸른 갈기 갖춘 양떼처럼 몰려 떠난다

서기 33년,
어쩌다 갈고리와 못에 걸리는 작은 몸

골고다의 언덕에 예수의 이름과 눈물이 울린다

하지만 크로스의 기적,

경이로운 부활의 순간

예수 그리스도의 탄생

예수, 나사렛 예수 또는 예수 그리스도는 서기 1세기 갈릴리아의 나자렛 출신 유대인 설교자이며 종교 지도자로서 기독교 창시자이며 신앙의 대상이다.

11. 이슬람 제국의 성립

눈감기는 메마른 사막의 바람과 꿈,
곧이어 황량한 흙에서도 비쳐지는 빛
새로운 믿음의 탄생과 위대한 전개
세상을 바꾸는 새로운 세상의 출발

거룩한 방향을 향해,
철저한 율법과 규칙을 좇아,
사원의 미덕과 관용이 나아가는 발걸음

메카의 햇살이 따사로이 비치는 땅
빛나는 도시,
지적인 유산과 놀라운 예술의 창조

114장과 6,236개의 아야 문장, 그리고 할랄
코란과 하디스의 가르침과 가치

이슬람의 지혜가 세계에 빛을 발한다

시간은 끊임없이 흘러가고,

제국의 자격은 점점 길어진다

이슬람 제국의 성립

이슬람 제국(Islamic Empire)은 세계사에서 가장 거대했던 제국 중의 하나
였으며, 세계사에 많은 영향을 끼친 제국이었다. 이슬람교 또는 회교(回敎)는
무함마드가 유일신 알라의 사도이자 예언자라고 가르치는 아브라함계 유일
신교로, 불교, 기독교, 유대교, 힌두교와 함께 세계 5대 종교의 하나이다.

12. 십자군

무거운 천국의 문을 향한 십자군의 고통스런 발걸음,
성스러운 땅을 되찾기 위한 죄 많은 인간들의 싸움
영원한 구원을 꿈꾸며 떠난 시대,
거룩한 성모의 이름, 십자군 전쟁

하늘에 높이 떠오르는 십자가의 불빛,
끝없이 펼쳐진 전장의 대지
영웅들의 노래가 울려 퍼지는 곳,
처절한 흑역사의 새로운 장을 드디어 연다

긴 전쟁의 꽃은 그저 상처와 희생, 눈물과 고통
기도와 갈망만이 나지막이 어루만져진 땅
영광과 멸망이 함께한 전장

영광스런 왕좌도 무너진다
영혼의 전쟁은 계속되나,

십자군 전쟁은 끝없는 절망의 노래가 된다

다들 누구를 위해 십자가를 들었는가?
다들 누구를 위해 영혼을 내다 버리는가?

십자군

십자군 전쟁(영어: Crusades)은 중세 라틴 교회의 공인을 받은 원정대와 이슬람 군대 사이에 레반트 지역의 지배권을 놓고 벌어진 종교전쟁(교황의 권력을 찾기 위한 전쟁)이다. 이교도나 이단의 토벌, 가톨릭 집단 내부의 분쟁, 정치적 이득 등 전쟁의 동기는 매우 다양했다. 십자군으로 인해 지중해의 상업과 교역이 번창, 제노바나 베네치아 같은 해양 공화국들이 번영했다.

13. 칭기즈 칸의 몽골 제국

놀라운 죽음의 대륙,
황량한 바람이 지나가지만 어디선가 총명한 눈빛 하나만은 스
스로도 충분히 들썩인다
칭기즈 칸의 이름이 으스스하게 퍼져 나가는 곳
발 빠른 몽골 제국이 태어난다

매섭고 날카로운 창 끝에 비치는 큰 대륙의 태양,
칭기즈 칸의 꿈이 푸르게 그리고 강렬하게 떠오른다

초원에 새겨진 들짐승의 발자국,
제국의 시작이자 미래를 향한 놀라운 비상

무한히 퍼져 가는 기운,
땅과 하늘을 품은 몽골의 뜨거운 포효
불길한 전조와 제국의 열기가
초승달처럼 누구에게나 떠오른다

부서지는 무한한 시간의 강물

끝없이 총명한 눈빛은 사라져,

제국의 미래는 점점 먼 푸른 하늘로 진다

칭기즈 칸의 꿈, 고향의 푸른 하늘이다

칭기즈 칸의 몽골 제국

대몽골국 또는 몽골 제국은 칭기즈 칸이 1206년에 건국한 국가로, 13세기와 14세기의 몽골 제국은 역사상 가장 큰 육지 제국이었다. 제국 건국 이전 몽골에는 이란 지역과 아랍 문화의 화약을 사용한 무기 등 선진 무기들이 몽골 지역의 민족들에게 퍼지기 시작했고 실리적 과학과 의학 등이 전해져 왔다.

14. 백년 전쟁

백년 전쟁 시작의 무게,
그것은 불타오르는 활쏘기 소리
할아버지 때부터 손자까지의 어느덧 긴 시간

영국과 프랑스,
두 나라의 혼란,
전장에 떠오르는 역사의 흐릿한 기억

희망과 승리에 대한 헛된 꿈과 욕심,
하지만 늘 피와 땀이 섞이는 전쟁의 향연
백년 전쟁은 알 수 없는 끊임없는 고통이다

나라를 구하라는 핍박받는 소녀의 등장
알 수 없는 신의 계시,
그녀에게만 들리는 메시아의 음성
결국은 뜨거운 화형과 눈물에 젖은 입술

모두들 손에 쥔 검과 철갑 같은 갑옷에 둘러싸이고

갈고리 같은 무구한 시간 속에서,

백년 전쟁은 인류의 무지한 역사를 쓴다

시간이 흐를수록 번거롭고, 더욱 아프다

백년 전쟁

백년 전쟁(영어: the Hundred Years' War, 프랑스어: la guerre de Cent Ans)은 1337년부터 1453년까지 116년이라는 기간 동안 잉글랜드 왕국의 플랜태저넷 家와 프랑스 왕국의 발루아家 사이에 프랑스 왕위 계승 문제를 놓고 일어난 일련의 분쟁들을 총체적으로 부르는 이름이다.

15. 흑사병

어디선가 퍼지는 죽음의 그림자, 우리를 찾아온다
쓸쓸한 마을의 골목길엔
망인의 냄새와 남겨진 슬픔만이 흐른다

모친의 손을 어쩔 수 없이 놓은 어린이들은,
병마의 부름에 안녕을 고한다

시간은 느리게 흘러 고통의 씨앗은 스스로 퍼져 가며,
희망을 잃은 가족들의 눈 속에는
처절함과 두려움만이 맺힌다

저승의 안타까운 노래가,
무력한 숙명 앞에
인간은 자연의 힘에 고스란히,
조용히 모두들 무릎을 꿇는다

역사의 한 페이지에 적힌 흑사병,
죽음의 그림자가 온 마을을 감싼다

공포로 힘겨운 사고를 모두 바꾼 하루
아무도 말하지 않는다

신은 이를 왜 허했을까?

흑사병

흑사병(黑死病, 영어: Black Death, Pestilence, Great Plague, Plague,
Black Plague)은 14세기 유럽에서 7,500만~2억 명의 목숨을 앗아간 인류사
상 최악의 범유행이다. 흑사병 병원균에 관한 많은 이설이 있었으나 2010년
~2011년 남유럽인들을 대상으로 수행한 DNA 분석 결과 페스트의 병원균인
페스트균이 병원균으로 밝혀졌다. 14세기 페스트 유행은 유럽사에서 종교사,
사회사, 경제사에 큰 영향을 미쳤다.

16. 르네상스의 시작

숨죽인 어둠을 빛으로 밝혀 내는 소리,
외롭고 절박한 인간성 해방을 부르며
이탈리아의 푸르른 대지 위에 윤리와 사상이 비쳐진다

마치 잊혀진 오래된 꿈을 깨우는 듯,
르네상스의 빛이 번지는 시작은 동시에 완성이다

로마의 폐허와 중세의 어둠,
고요한 유럽의 예술은 고개를 들어 깨어난다

옛 희망의 불씨, 반가운 새로운 미의 출발
아티스트들과 사상가들의 손으로 피어난다

다시 높게 날아 올라가는 순수한 예술의 정신,
각자의 빛을 발하는 천재들의 향연과 해방

인간의 창조력이 폭발하는 순간

세계는 드디어 변화된다

중심은 인간이다

르네상스의 시작

르네상스(이탈리아어: Rinascimento, 프랑스어: Renaissance, 영어: Renaissance) 또는 문예부흥(文藝復興), 학예 부흥(學藝復興)은 유럽 문명사에서 14세기부터 16세기 사이 일어난 문예 부흥 또는 문화 혁신 운동을 말한다. 이것은 과학 혁명의 토대가 만들어져 중세를 근세와 이어주는 시기가 되었다. 16세기초 이 운동의 인문주의자들이 종교 개혁의 원동력이 되어 교회 개혁과 학문적 방법에 영향을 주었다.

17. 조선의 건국

아주 먼 동쪽의 땅에 새로운 기운과 부잡스런 혁명,
500년 조선의 꿈이 피어난다

단풍이 물들어 가는 한가위의 날,
한양으로부터 누군가가 미래로의 새로운 길을 연다

위대한 한글의 미소와 길거리 숨소리로 이야기를 풀어내는,
백성의 마음이 곱게 희망차게 울려 퍼진다

공자의 사상 문이 열리고,
전국에 한옥 마을이 번개처럼 번진다

춘향과 몽룡이 사랑을 나누는 곳,
성숙한 은행나무처럼 자란 문화의 숨결이 실린다

그러나 시간은 끊임없이 흐르고,

이곳도 역사의 변화가 생긴다

반목과 부패 그리고 소리들이 정신없다
이성계가 세운 미래,
이제는 마음을 얻는 지혜가 필요하다

朝鮮의 건국

조선(朝鮮)은 한반도에 있던 옛 국가이다. 1392년 이성계가 건국하여 1897년 고종의 칭제건원으로 대한제국이 세워질 때까지 존속하였다. 조선의 정치는 유교의 한 갈래인 성리학을 지배 이념으로 삼아 사대부를 근간으로 한 중앙집권적인 관료제로서 운영되었다. 조선은 5백여 년 동안 이어진 국가로 그 사이 세계의 역사는 근세에서 근대에 이르는 커다란 변화를 겪었다.

18. 비잔티움 제국의 멸망

비잔티움, 동로마 제국의 또 다른 이름
고요한 이스탄불에 드리운 세계
상층과 하층이 만나는 도시

비잔티움의 시작은 영광의 알 수 없는 전설
상인과 예술가가 만나는 곳,
그리스도교의 나라로 도전한다

찬란한 시간은 흐르고 고요한 도시,
고대의 이름
비잔티움은 역사의 흔적만을 남긴다

제국의 태양이 가차없이 서리고,
비잔티움의 타락과 예견된 멸망
도시는 길게 빛을 잃고,
그림자 속으로 어둠과 함께 영원히 묻혀 간다

남은 것은 빛나는 역사, 성벽과 함께 남는 상징의 도시
민중의 노래가 언제나 울리는 교회
쓰디쓴 역사

우리의 마음에 남는다

비잔티움 제국의 멸망

동로마 제국 또는 비잔티움 제국은 로마 제국이 동서로 분할된 395년부터 1453년까지 동방 황제의 치하로 존속한 로마 제국의 연속체이다. 수도는 콘스탄티노폴리스였고, 제국의 공식 국호는 이전과 같은 로마 제국이었다.

19. 콜럼버스의 아메리카 발견

거칠고 푸르게 퍼져 가던 대양의 신비,

멈춘 항로를 향한 모험의 발걸음

하지만 콜럼버스의 푸른 눈동자에 반짝이던 꿈의 대륙

갈고리 같은 눈으로 본 미래,

끊임없이 팽창하는 환상과 도전의 욕망

대항해시대의 출발, 먼 서쪽의 땅

콜럼버스의 배는 역사의 손을 잡는다

하늘의 길을 따라 나아가는 선원들,

얼어붙은 바다에 남아 있던 두려움과 외로움이 있다

그러나 콜럼버스의 여행은 인류의 새로운 시작이다

엄청난 파란 바다에 둘러싸인,

무한한 푸른 대지의 발견

하지만 낯선 이들의 환영과 충분한 파멸

불안한 기대 속에 꽃피운 꿈,

콜럼버스의 땅 아메리카

역사는 언제나 무한한 미스터리,

아메리카의 발견은 번영과 멸망의 시작인가?

원주민들에게 남겨진 지워지지 않는 기억

콜럼버스의 아메리카 발견

대항해시대(大航海時代)는 유럽사에서 대략 15세기에서 17세기까지를 가리키는 말이다. 시대사적으로 근세에 해당하며, 기술사적으로는 범선 시대와 거의 겹친다. 이 시대에 이루어진 대규모 해양탐험은 향후의 유럽 문화, 특히 유럽 백인의 미주 식민의 강력한 요인이 되었다. 여러 유럽 국가들에서 식민주의를 정책사업으로 채택한 것도 이 시대였다. 즉, 대항해시대란 유럽 식민화의 제1물결(the first wave of European colonization)과 동의어라고 할 수 있다.

20. 종교개혁 운동

암흑으로만 이어진 길고 긴 어둠이 흐르던 그날,
언제나처럼 두려움과 경배의 시간

마침내 하늘에 비친 창조자와 소통의 터널
마틴 루터의 목소리가 고통스럽게,
하지만 잔인하게 사방에 울린다
새로운 날의 초석이 쌓인다

가혹한 세계의 신의 어둠과 자비,
성경의 언어로만 빛나는 진리와 복종
신학과 교의에의 도전과 해법
종교개혁의 불빛이 세상에 스스럼 없이 도도하게 번진다

배성의 언어로 말하는 말,
각자의 믿음이 천진하게 자유롭게 피어난다

신앙의 자유, 종교의 혁명

종교개혁의 빛이 세상을 밝힌다

종교의 땅에 불빛은 변화한다

종교가 차가운 쇠고랑에서 벗어난다

그토록 신이 원하는 세상이다

종교개혁 운동

종교개혁 혹은 프로테스탄트 개혁은 서방교회의 개혁을 위한 교회 내부 운동
이다. 1517년 10월 31일 종교 개혁가 마르틴 루터가 당시 교황을 중심으로
하는 서유럽 정치와 서방교회의 면죄부 판매, 연옥에 대한 교황권 주장, 그리
고 공로사상을 비판한 내용의 95개조 반박문을 발표하는 사건이다. 중세의
종말과 근세의 개시를 알리는 사건으로 보기도 한다.

21. 미국 독립

서로 통하지 않는 갇힌 소리,
고통의 신음과 엷은 미소가 공존하는 아메리카
어느덧 자유의 불꽃이 살아나려는 소리가 들린다

원대한 꿈과 인간의 자유를 향한 민중의 발자국과 행진,
새로운 강자, 미국 독립의 시작을 알린다

언제나 품고 있는 자유와 평등의 맹세
얽힌 연대의 무게를 견뎌 낸 순간,
온갖 어려움에 맞서 전진한다

하지만 평화로운 강물이 미지의 어둠에 잠기고,
전쟁의 잔인한 바람이 불어와 큰 땅을 태운다

인디언의 아픔이 아메리카 땅을 울리고,
강렬한 흑역사의 그림자는 여전히 머릿속에 남는다

계몽의 시대에도 물러설 수 없던 그 충돌은,

큰 땅과 삶에 큰 상처를 남긴다

조용하게 묻혀 있지 않는 전쟁의 고통

미국 독립

미합중국 또는 대중적으로 미국은 주 50개와 특별구 1개로 이루어진 연방제 공화국이다. 미국의 경제는 2019년 기준 명목상 국내 총생산이 21조 4394억 달러로, 전세계에서 최대 규모의 경제를 보유하고 있다.

22. 산업 혁명의 시작

무거운 철과 뜨거운 불꽃이 맞잡고 춤을 추던 시간,
계속된 기계의 울림이 귀를 통해 하늘을 뚫는다

산업의 새로운 태양이 떠오르며,
인류의 길은 새로운 문으로 처벅처벅 향한다

손으로 만들던 시대와 아듀,
이제는 기계의 손길이 미래를 열어 간다

그러나 진한 공장의 연기와 어딘지 모를 땀이 섞인,
경험하지 못한 고통과 경쟁이 순식간에 타오른다

전선을 따라 달려가는 기계와 전기의 반복된 노래
금세 가까워진 신세계의 끝으로 사람들을 안내한다
사람들은 그냥 침묵하며 따라간다

우리는 산업혁명에게 묻는다

기계와 기술은 어디로, 우리를 이끌고 있나?

산업 혁명의 시작

산업혁명(産業革命, 영어: Industrial Revolution)은 18세기 중반에서부터 19세기 초반까지, 약 1760년에서 1820년 사이에 영국에서 시작된 기술의 혁신과 새로운 제조공정으로의 전환, 이로 인해 일어난 사회, 경제 등의 큰 변화를 일컫는다. 18세기에 들어서 영국 내외에서는 면직물의 수요가 급증하자 제임스 와트가 증기 기관을 개량해 대량 생산이 시작되었는데, 이를 산업혁명의 출발점으로 본다.

23. 프랑스 혁명

땀이 가득한 얼굴에 포도밭의 진한 향기,
느린 귀족들의 둔부와 빈부의 균열

군림자들의 무거운 어투와 어둠,
마른 민중의 절규, 백성의 눈물과 분노
하지만 그 안의 처절한 욕망

자유의 꽃이 길거리마다 피어나고
백성의 노래가 하늘을 울리던 때
파리의 거리에 주체 못 하는 성난 불꽃이 증거가 되어 번진다

권력의 탑이 뒤뚱 흔들리고,
부자와 가난이 마주하는 순간이 파리의 거리마다 번져 간다

손에 들려진 날아오르는 자유의 깃발,
하늘에 피어난 아름다운 꽃

프랑스 혁명의 시작은 세상과 마음을 뒤흔든다

찢겨진 바리케이드 안에 힘찬 노래가 울려 퍼지며,
혁명은 피로 맺어진 단단한 미래를 구매한다

마리 앙뜨와네뜨의 웃음과 눈빛이 변해 간다

프랑스 혁명

프랑스 혁명은 프랑스에서 일어난 시민 혁명이다. 자본주의의 발전기에 있어서 시민 계급이 절대 왕정에 저항하여 봉건적 특권 계급과 투쟁해서 승리를 쟁취했으며 새로운 정부와 새로운 사회를 건설해 낸 최초의 사회 혁명이라 할 수 있다.

24. 나폴레옹 전쟁

누가 봐도 먼 푸른 하늘,
젊은 야심가 나폴레옹이 등장한다

머리 좋은 천재의 눈에
반짝이는 정복에 대한 멈추지 못하는 욕망
코르시카의 품에서 벗어나,
그의 등장은 과감한 역사의 문을 연다

지휘봉을 휘두르는 황제의 손,
초점을 잃은 정복자의 눈
전장에 울려 퍼지는 승리를 향한 전쟁의 처절한 노래
새로운 전설이 쓰여진다

삶의 무한한 질주, 꿈을 향한 전진

발걸음마다 세월이 흘러가고,

전장의 먼지가 수북이 쌓이면서 역사가 되어 간다

전 유럽의 마음을 뒤흔들던 그날,
나폴레옹의 전쟁은 몰락과 고통의 그림자를 안긴다

혁명이 낳은 영웅은 어디로 갔는가?
보나파르트의 행복의 기준은 무엇이었을까?
세인트 헬레나 섬의 잔디는 그에게 무엇을 이야기했을까?

나폴레옹 전쟁

나폴레옹 전쟁은 프랑스 제 1제국 및 그 동맹국과 영국이 재정 및 군사적으로 주도하는 연합군 사이에서 벌어진 일련의 전쟁이다. 전쟁은 프랑스 혁명과 그 여파로 일어난 프랑스 혁명 전쟁 당시 해결되지 못한 문제들이 원인이되어 발발했다. 민족주의와 자유주의가 전세계로 확장되었고, 추후 독일과 이탈리아의 통일, 그리고 그리스의 독립에 영향을 주게 되었다.

25. 코카콜라의 등장

1950년대, 단단한 한순간이 새로운 시작을 알린다
시원한 유리컵에 담긴,
달콤한 탄산음료의 잊을 수 없는 향기

코카콜라의 시작,
아틀란타의 작은 상점에서 시작된다
변화된 자본주의의 찬란한 모험과 도전이 시작된다

톡 쏘는 탄산, 달콤한 시음
그 한 모금이 모두를 행복하게 만든다
그 한 모금이 모두를 움직인다
그 한 모금이 모두를 투자하게 한다

인간의 상상력을 초월한 브랜드의 탄생

세계를 손에 넣은 캠페인과 광고,

소통과 젊음의 다리

한 모금이 세계를 연결하고,

새로운 문화의 시작이고 마음이다

모두의 어쩔 수 없는 선택이다

코카콜라의 등장

코카콜라(영어: Coca-Cola)는 미국의 코카콜라 컴퍼니에서 출시한 콜라(cola) 브랜드이다. 코카콜라는 세계 최초로 만들어진 콜라이며, 전 세계적으로 200여 개국 이상에서 팔리고 있는 가장 인지도 높은 상표이기도 하다. 또한 코카콜라는 미국과 자본주의를 상징하기도 한다. 하루에 소비되는 코카콜라 제품만 해도 7억 3천만 잔 정도다. 브랜드의 가치는 705억 5,200만 달러(약 80조 원) 정도 된다.

26. 제1차 세계 대전

잔인한 어둠에 가려진 세계,
총성이 울려 퍼지는 조용한 사라예보의 아침
하지만 그것은 인류 비극의 시작과 절규

믿을 수 없는 서로의 증오와 불신만으로 모인 군대
삶과 죽음이 처절하게 손을 잡은 순간으로 이어진다

전선을 가로지르는 군화의 자취,
한 땅 한 땅이 헤어나올 수 없는 절대 어둠에 묻힌다

젊은 영혼들이 허망하게 떠나가고,
그리고 이어지는 아픔의 연속
가족들의 눈물과 부정

크나큰 전쟁터에 묻힌 꿈과 희망,
그것은 파멸의 불꽃이 삼켜 간다

총탄으로 인해 벌어진 상처가 아물지 않고
인류의 미래에 남은 어두운 상징

인류의 자만과 무지가 손을 잡은 전쟁
수없이 많은 눈물은 누가 닦아 주는가?

제1차 세계 대전

제1차 세계 대전(World War l, WWl)은 1914년 7월 28일부터 1918년 11월
11일까지 일어난 유럽을 중심으로 한 세계 대전이다. 1914년 오스트리아-헝
가리가 세르비아에게 선전포고를 하며 시작되었고, 1918년 독일의 항복으로
끝이 났다. 전쟁이 끝나면서, 러시아 제국, 독일 제국, 오스트리아-헝가리 제
국, 오스만 제국 등 4개 주요 제국이 해체되게 되었다.

27. 러시아 혁명

그것은 붉은 기운이 상트페테르부르크를 덮친 두려움,
혁신과 가둘 수 없는 욕망이 폭발한다

동정과 갈망이 가득한 눈빛,
혁명은 인류에게 새로운 사상을 안긴다

1917년 어김없이 봄이 피어난 그곳,
레닌의 손을 잡은 길 잃은 자유와 무모한 평등

볼가강을 건너 끝없이 퍼져 나가는,
혁명의 시작은 누군가에겐 따뜻한 봄의 속삭임과 구름 속의 이
야기

겨울의 꽃이 피어난 날,
성난 군중은 도시를 채우고 뿌리째 흔들고
혁명은 인간에게 도돌이표 희망을 안긴다

반란의 소용돌이와 어지러움,

혁명의 미래와 두려움

하지만 혁명은 과연 새로운 도전의 시작이다

러시아 혁명

러시아 혁명은 1917년 2월과 10월에 러시아에서 일어난 마르크스주의에 입각한 세계 최초의 사회주의 국가인 소련 정권이 수립된 혁명이다. 내전으로 인한 극심한 사회 혼란과 경제력 파괴는 이후 혁명 세력으로 하여금 신경제 정책 {네프(NEP)}, 즉 일정 부분 자본주의 도입을 허용하게 된다.

28. 일본의 관동 대지진

섬나라 일몰의 그늘에 몰려든 크나큰 땅 흔들림,
대지가 울면서 알려 주는 유령의 몸짓과 노래
동쪽의 땅이
순간, 일어난다

대지의 울림, 땅이 크게 떨린 순간
세상이 무심하고 처참한 고요함에서 깨어난다

하늘은 눈물과 슬픔으로 가득 차고,
바람은 누구에게나 이별의 이야기를 퍼뜨린다

쓰나미의 물결이 건물을 덮치며,
도시는 빠져 나올 수 없는 침묵에 휩싸인다

인간은 자연에 허물어져 가지만
대지는 무심히 그 자리에 서 있다

유목민처럼 도망치는,

어둠 속의 인간들의 무덤

그날의 진실과 고통받는 이민족

신이 그토록 원했던 우리에게 부여한 트라우마인가?

일본의 관동 대지진

간토 대지진 또는 보통 '관동 대지진'은 1923년 9월 1일(다이쇼 12년) 11시 58분(일본 표준시)에 日本 도쿄도 등을 포함한 미나미칸토 지역을 중심으로 일어난 海區형 지진이다. 2004년 9월 일본의 건설회사인 가지마 고보리의 보고서에서는 지진으로 인한 총 사망자를 105,385명으로 추정하였다.

29. 대공황

매주 늘 다가오는 목요일,
돈의 쿠데타가 시작된다
마음속 품고 있던 장밋빛 전망이 도시를 흔들어 놓는다

길가의 작은 가게부터, 거대한 건물까지,
원래는 사람들의 희망이 출렁댄다

어린아이의 눈 속에 반짝이던 꿈과 행복
책과 이야기로 듣던 미래의 풍요로운 도전
하지만 불안한 부모의 눈물로 빙하처럼 녹아 든다

길거리에서 떠돌던 음악이,
자유로운 흑인의 블루스가,
희망의 씨앗을 품고 있었지만, 모두들 금세 잊어버린다

어느 구절까지 노래를 불렀던가?

화폐가 바람처럼 날아가고, 꿈은 물처럼 무너진다

회복할 수 없는 고통과 상실이 거리마다 감돌 때,

부질 없는 인간의 약점이 드러난다

속고 속이는 인간의 결과는 바라던 대로이다

대공황

대공황(大恐慌, 영어: Great Depression)은 미국 역사상 가장 길었던 경제위기로 1920년대 말부터 1930년대까지 지속되었다. 검은 목요일로 알려진 월스트리트 대폭락으로 촉발되었다. 대공황의 정신적, 문화적, 정치적 영향들은 세계 주위에 느껴졌으나 서로 다른 국가들에서 두드러지게 다른 충격을 일으켰다.

30. 제2차 세계 대전

무자비한 무지함과 사상의 욕망에 걸려든 그날,
온 대지는 희생과 상실의 눈물로 가득 찬다

전쟁의 그림자,
인류의 운명을 뒤흔든 고독한 순간뿐이다
그저 허망할 뿐이다

힘 빠진 진군 나팔 소리가 또 다시 전율을 일으키며
나라마다 불타는 불길에 원하지 않게 떠밀린다

노르망디 상륙과 스탈린그라드의 격전,
전쟁사에 남을 맹렬한 싸움의 향연
그저 죽음뿐이다

아우슈비츠로의 긴 행렬과 짧은 죽음의 기다림
히로시마와 나가사키의 불타는 고통,

원자폭탄의 눈물이 하늘을 덮는다

세계는 의미 없는 전쟁의 몸부림에 휩싸이고
인류는 지울 수 없는 상처를 짊어지며 걸어간다

그냥 끊임이 없다

제2차 세계 대전

제2차 세계 대전(World War ll, WWll, WW2)은 1939년 9월 1일부터 1945
년 9월 2일까지 일어났던 세계 대전이다. 당시 강대국 전부와 세계 대부분의
국가가 전쟁에 개입해 연합국과 추축국이라는 적대적인 두 군사동맹이 생겨
났다. 제2차 세계 대전은 30개국 이상에서 1억 명이 넘는 군인이 직접 참전한
총력전이다. 제2차 세계 대전은 인류 역사상 사망자가 가장 많은 전쟁으로
총 사망자는 7,500만 명 정도로 추정되며 이 중 대부분이 민간인이었다.

31. 원자폭탄 투하

비행기 안, 4톤 무게의 리틀보이
그의 작은 움직임과 큰 외침
이어서 일본 열도에 몰아치는 죽음의 바람과 울부짖음

그것은 하늘에 떠도는 어둠의 나비인가
히로시마와 나가사키에 내려진 비극

무고한 도시가 불꽃 속에 사라지며,
인간의 잘못된 선택이 진한 어둠을 낳는다

히로시마와 나가사키의 아픔,
뜨거운 폭탄의 불꽃이 사라진 뒤에도 어김없이 차갑게 남는다

하늘에서 떨어진 두 개의 별,
무수한 영혼이 솟아오르며 진실을 전한다

세계에 평화를 외치는 소리

원자폭탄의 역사,

리틀보이의 비애

인간의 쓸모없는 사상 전쟁의 현실이다

원자폭탄 투하

히로시마·나가사키 원자폭탄 투하는 제2차 세계 대전을 끝내기 위해 1945년 미국은 일본에 두개의 원자폭탄을 투하했는데 8월 6일 히로시마시에 한 개의 원자폭탄을 떨어뜨렸고 8월 9일 나가사키시에 나머지 한 개의 원자폭탄을 떨어뜨렸다. 원자폭탄을 떨어뜨리고 초기 2개월에서 4개월 동안 히로시마에서는 90,000명에서 166,000명, 나가사키에서는 60,000명에서 80,000명 정도가 사망했다.

32. 이스라엘 건국

불타오르는 사막의 땅,
원했던 이스라엘 건국의 순간
누군가는 돌아서서 혼자 웃는다

갈등의 축제 속에서 태어나, 혼란의 불씨가 켜진다

그러나 물씬 퍼지는 불협화음의 냄새,
땅의 아픔을 낳는다
땅의 슬픔을 낳는다
땅의 이별을 낳는다
땅의 죽음을 낳는다

흘러내리는 눈물과 죽음의 비,
팔레스타인과 가자의 역사는 이슬처럼 차갑게 석혀진다

땅을 둘러싼 갈등의 중심,

나눠 찢겨진 역사책,

통일되지 못한 이야기

영원한 분쟁의 그림자를 캐 나간다

땅의 심장에서 흐르는 갈등의 피는 여전히 붉고 아스라하다

그리고 더 아스라하다

이스라엘 건국

이스라엘국, 약칭 이스라엘은 중동·서아시아에 유대인들이 세운 국가이다. 이스라엘은 이집트와 요르단과 평화 조약을 체결했지만, 팔레스타인과의 분쟁은 여전히 이 지역의 갈등의 불씨로 작용하고 있다.

33. 중화인민공화국 성립

조용히 말이 없고 죽어 가는 큰 대륙의 새로운 출발,
천안문 광장에서 마오쩌둥은 말한다
중화인민공화국의 탄생
인민들을 위한 출발

찬란하게 크게 빛나는 별의 등장,
폭동과 격변의 속에서 나타난 큰 계획
그 어둠 속에서 피어난 홍조

혁신의 권력과 비밀 통제의 그림자가 차근차근 스며들고,
강한 민족주의의 뿌리가 심어진,
역사의 갈림길에 접어든다

미오찌둥의 아이디어와 그의 상싱,
죄악과 희망이 하나로 얽힌다

큰 국가의 탄생은 인류의 어쩔 수 없는 결과이다

중화인민공화국 성립

중화인민공화국은 동아시아에 위치한 국가이다. 줄여서 중국이라고도 한다. 중국공산당은 마오쩌둥이 대약진 운동을 펼쳤고, 문화 대혁명도 실시하며 사회주의 국가의 틀을 굳히려 하였다. 다만 대약진 운동은 경제 성장으로 이어지지 못해 실패하였고, 문화 대혁명도 수많은 국가적, 문화적 피해와 민간인 피해를 남겼다.

34. 한국 전쟁

오천 년 한강의 물이 피로 물들어 가며,
민중이 국토보다 더 고통에 잠긴다
더 붉어진다

무수한 꽃잎이 송장 위에 흩어져,
한반도에는 붉은 계절이 도래한다

산들바람에 흩날리는 피와 먼지,
남과 북이 불타는 대지에서,
이슬처럼 손에 닿은 한숨의 기억뿐이다

어린 아이들이 눈물로 땀을 흘리며,
어버이는 끊어진 손에 한 줄기 소망을 담는다

탱크와 총검술의 위력,
죽음의 띠가 멀리 부산까지 이어진다

잠잠했던 어둠,

영웅들의 피와 땀이 섞인 한반도 바닥

기억에 새겨진다

그토록 원했던 자유와 평화는 멀리에서 서 있다

그토록 희망했던 통일은 언제나 멀리에서 서 있다

한국 전쟁

6.25 전쟁 또는 한국 전쟁은 1950년 6월 25일 일요일 오전 3시 30분에 조선
민주주의인민공화국이 '폭풍 작전' 계획에 따라 삼팔선 전역에 걸쳐 기습적으
로 대한민국이 침공당하면서(남침) 발발한 전쟁이다.

35. 베트남 전쟁

뜨거운 빗물이 적셔 내리던 너무나 길고 긴 땅,
피와 눈물 그리고 회환의 강이 되어 흐른다

어린 손에 쥐어진 총에,
하늘은 결국 무너져 내린다

눈물로 젖은 베트남의 비옥한 대지,
폭풍우 속에서 저항하는 영문 모를 민중의 알 수 없는 미래

하노이와 호치민,
하나로 묶이지 못하고 전쟁의 연장선에 서로들 몸을 던진다

한마음으로 시작한 전투는,
복잡하고 절규하는 상황만이 존재하고
언제나 슬픔의 향기를 남긴다

폭탄의 울림이 여전히 귓가에 남아,

지금도 쓰러진 마음을 일깨운다

나팔름 소녀는 아직도 그 울음을 멈추지 못했을까?

그리도 사상이 중요하던가?

베트남 전쟁

베트남 전쟁 또는 월남 전쟁, 월남전은 제1차 인도차이나 전쟁(1946년 12월 19일~1954년 8월 1일) 이후 분단되었던 베트남에서 1955년 11월 1일부터 1975년 4월 30일까지 사이에 벌어진 전쟁이다. 이 전쟁은 분단된 南北 베트남 사이의 내전임과 동시에 냉전 시대에 자본주의 진영과 공산주의 진영이 대립한 대리 전쟁 양상을 띠었다.

36. 케네디 암살

그날,
시간은 음모의 그림자로 데일리 플라자를 덮는다
세상의 번잡함은 늘 침묵 속에 존재한다

미스터리한 케네디의 미소는 순간 사라지고,
의문의 총탄과 눈물이 흘러내리던 기억만이 남았다

텍사스 댈러스에서 흘러나온 놀라웠던 피의 냄새,
총알의 연쇄로 끊어진 세상을 향한 꿈들과 숙제들
결말은 역시나 음침한 암흑으로 뒤덮인다

케네디의 목소리가 울리던 백악관,
이제는 고요한 허공에 메아리만 남아 있다

남겨진 질문들, 왜 그의 꿈은 그렇게도 짧았나?
누가 그의 꿈을 짧게 만들었을까?

부서진 그의 가족들의 비명이 하늘에 울려 퍼진다
하지만 역사의 한 페이지가 혈흔으로 물들면서,
인간의 어두운 면이 표면을 드러낸다

달달한 속삭임처럼 알 수 없는 이야기들
사람들의 마음에 남은 묵직한 미스터리

케네디 암살

존 F. 케네디 암살 사건은 1963년 11월 22일 미국의 존 F. 케네디 대통령이
리 하비 오스월드의 총에 맞아 암살당한 사건이다. 1979년 케네디 대통령과
마틴 루서 킹 목사 암살사건을 조사하기 위해 특별히 구성된 미국 하원 암살
사건 특별조사 위원회는 린든이 구성한 월런 위원회와 다른 결론에 도달했다.
하원 조사위원회는 오스월드가 아닌 다른 누군가가 네 번째 총을 쐈다고 결
론지어 음모론을 확대했다.

37. 문화 대혁명

붉은 태양이 떠오르고 홍위병의 어깨가 눈물짓도록 우쭐대고,
대륙은 새로운 무거운 역사를 맞이한다

시작은 늘 그렇듯 따사로운 봄바람
그러나 결국은 무자비한 겨울바람,
희생의 꽃들이 핀 죽음의 꽃다발

모두들 손에 든 분홍빛 막대기,
폐쇄된 학교와 무너진 전통적인 가치와 부르주아
마음에 피어난 붉은 죽음의 그림자
어찌 그리 무서운가

청춘의 꿈을 따라가던 소년과 소녀,
온통 죽음의 손아귀에 낚아채인다

하릴없는 세월은 강가에 쌓인 시련의 돌,

자비 없는 정치의 바다에서 다 함께 크게 출렁인다

혁명의 이름으로 일어난 비극,
그리고 무효화된 시대의 저주를 맞는다

죽음에 묻힌 목소리들
죽음에 묻힌 울부짖음

알아주지 않는다

문화대혁명

무산계급문화대혁명, 약칭 문화대혁명(文化大革命)은 1966년 5월부터 1976
년 12월까지 중화인민공화국에서 벌어졌던 대규모 파괴운동, 친위 쿠데타, 내
란이다. 자국의 문화를 자국민들이 스스로 멸절 시키려 한 전례가 드문 대사
건으로, 4대 성인 중 한명인 공자가 모셔진 공묘와 동아시아에서 신으로 추앙
받는 관우의 묘를 포함한 엄청난 양의 문화재들을 중국인 본인들의 손으로
때려부쉈다.

38. 아폴로 11호 달 착륙

만고의 세월 동안 침묵하는 달이 우리에게 속삭이듯,
그는 우주의 비밀을 품고 있을지도 모른다

아폴로 11호가 출발한 날,
우리는 그 이야기를 듣는 꿈을 따라 날아간다

상상할 수 없는 부정적인 그림자도 담긴 이 과정,
끊임없는 도전과 시련의 연속

끝없는 우주를 향한 인간의 발자취,
아폴로 11호는 달에 그린 인간의 위대한 희망 궤적이다
고요의 바다는 이미 지구다

그날, 인간은 우주의 손을 처음 잡는다
달에 닿은 순간, 인간은 우주와 함께 팽창한다

아폴로 11호는 인류의 업적,

아폴로 11호는 더 큰 꿈의 시작

인간은 여전히 달빛을 따라간다

그는 또 다른 우주인을 만났는가?

아폴로 11호 달 착륙

아폴로 11호(Apollo 11)는 처음으로 달에 착륙한 유인 우주선이다. 1969년 7월 16일 13시 32분 UTC에 플로리다주 케네디 우주 센터에서 새턴 5호 로켓으로 발사되었다. NASA의 5번째 아폴로 프로그램 유인 우주선 임무였다. 7월 20일 20시 17분 달착륙선이 달의 표면에 착륙했다. 선장은 닐 암스트롱 중위, 조종사는 버즈 올드린이었다.

39. 이란 이슬람 혁명

먼 곳 사막의 봄바람이 우리의 볼을 스쳐 가던 날,
테헤란은 놀라운 변화의 순간을 맞이한다

이슬람의 열기와 변화를 위한 꿈이 불에 타올랐고,
찬란한 혁명의 꽃이 이란의 대지를 가득 메운다

부정적인 그림자는 길게 늘어져,
평화의 속삭임을 가로막는다

하지만 혁명의 이름으로 펴진 어두운 장막

호메이니는 깃발을 든다
많은 이의 눈물과 비애를 역시나 기어코 남긴다

자유와 평화를 찾아 떠나는 발걸음,
경제적 자립과 착취 근절의 노래

이란의 미래를 예언한 눈물의 노래가 흐른다

이란 이슬람 혁명

이란 이슬람 혁명은 1979년 이란에서 발생한 혁명으로 입헌 군주제인 팔라
비 왕조가 무너지고 루홀라 호메이니의 이슬람 공화국이 들어선 사건이다. 이
로서 이란은 이슬람 종교 지도자가 최고 권력을 가지는 사실상의 신정 체제로
정치 체제가 변화했다. 이란 현대사에서 이란 혁명은 민중의 투쟁으로 독재정
권이 물러나게 한 시민혁명이라는 의미가 있다.

40. 소련의 아프가니스탄 침공

카불의 산들이 정신없이 울려 퍼진 날,
아프가니스탄의 대지에는 봄의 미소가 번지고 있다

그러나 그 순간은 어둠으로 찾아와,
원하지 않은 침묵을 부르며 끝나지 않는 전쟁의 시작을 알린다

낯선 그림자가 펼쳐진 고요한 밤,
낫과 망치의 발걸음이 낯선 땅을 침공한다

흙과 피의 땅에 선 전사들은,
자유를 위해 끝없이 싸운다
왜 이런 일이 일어났을까?

답을 주시오

역사의 페이지에 쓰여진 이야기,

아프가니스탄의 아픔과 저항의 노래만 흐른다

지금은 끝났지만 남은 상처의 기억,
아프가니스탄은 자유를 위해 흘린 피로 그저 젖는다

소련의 아프가니스탄 침공

소련-아프가니스탄 전쟁 또는 소련-아프간 전쟁은 1979년 12월부터 1989
년 2월까지 9년 이상 지속된 전쟁이다. "무자히딘"이라 불리는 반군세력이 기
독교 및 이슬람 국가들의 지원을 받으며 소련의 괴뢰정권인 아프가니스탄 민
주공화국과 소련군의 연합군에 맞서 싸웠다. 9년 이상 지속된 전쟁 동안 최소
85만 명에서 최대 150만 명에 달하는 민간인들이 목숨을 잃었다.

41. 천안문 사태

세상의 녹음이 무르익는 날,
천안문 광장은 미친 열광의 바람 속에 춤춘다
시민들의 소리는 높은 절망으로 물든다

드디어 꽃이 아닌 역사의 한 페이지가 펼쳐진다

소박한 자유의 목소리를 끊어 버린 탱크의 밟힌 발자취,
천안문 광장에서 비명 속에 사라진 꿈들과 희망들

피로 물들인 손과, 끊어진 희망의 꽃다발이 눈에 밟힌다

역사의 상처,
희생과 저항의 순간을, 우리의 마음에 새기며
천안문 사태의 어둠은 사라지지 않는다

시간이 흘러도 잊지 않을 역사의 고통,

천안문 광장에 떨어진 눈물의 속삭임

그때의 탱크들은 누구를 위해,
무엇을 위해 출동했는가?

천안문 사태

천안문 사건 또는 제3차 천안문 사태, 또는 6·4 사건은 1989년 6월 4일, 후
야오방의 사망 이후 발생한 천안문 광장 등지에서 시위대와 인민이 전개한 반
정부 시위를 중화인민공화국의 개혁개방 정권이 유혈 진압한 사건이다. 국제
적십자협회는 2,600여 명으로 사망자를 발표했다. 비공식 집계로는 1만여 명
사망이다. 보수파의 압력으로 덩샤오핑은 권좌의 중심에서 물러났고 그가 추
진했던 중국의 개혁, 개방 정책들이 하나둘씩 뒤집혔다.

42. WWW의 등장

인터넷의 시작, 디지털의 탄생
이것은 놀라움의 연속
하지만 정보의 바다에서 모두들 길을 잃는다

연결의 희망이 빛나던 날,
세계는 새로운 문으로 열린다

디지털의 푸른 바다에서 울려 퍼진,
사생활의 풍요로운 사막과 거짓의 어처구니 없는 허영

그러나 모두가 즐겁고 모두가 부자다

무한한 자유가 갇힌 공간에서만 지낸다

역사의 책장에 기록된 순간,
인터넷의 발전과 그에 따른 어둠

인터넷의 결말은 미지의 미래

우리는 어디까지 갈 것인가?
우리는 어디에서 만날 것인가?
우리는 무엇을 알고 있을까?

우리는 왜 이러고 있을까?

WWW의 등장

월드 와이드 웹(World Wide Web, WWW, W3)은 인터넷에 연결된 컴퓨터를
통해 사람들이 정보를 공유할 수 있는 전 세계적인 정보 공간을 말한다. 간단
히 웹(the Web)이라 부르는 경우가 많다. 웹을 통해서 엄청나게 다양한 영역
의 자료나 프로그램들, 이를테면 정부 정책 보고서부터 바이러스 박멸 소프트
웨어 혹은 컴퓨터 게임에 이르기까지 다운로드할 수 있는 것이다.

43. 독일 통일

한 땅에 갈라진 선율,
대지를 절반으로 가르던 돌로 된 문

무거운 경계 위에서 울려 퍼진,
통일의 소리와 미래의 염원을 위한 희망의 전율

동행이 시작되었을 때,
서로의 마음이 한데 어울린다
보기 좋다

책갈피를 함께 넘기듯 나아간 길,
언제나 동행한 그 마음들
두려움과 갈등을 뚫고 향한,
통일의 꽃을 피운 천년의 꿈

베를린의 담이 무너진 그 날,

통일의 기쁨이 흐른다
사람들이 돌을 줍고 운다

미래의 지평을 열어 놓은,
하나로서의 독일의 자부심

위대하다

독일 통일
독일의 재통일은 1990년 10월 3일 과거 독일 민주 공화국에 속하던 주들이
독일 연방 공화국에 가입하는 형식으로 이루어졌다. 1990년 5월 18일 양쪽
독일은 경제, 통화, 사회의 통합을 협상하여 7월 1일에 실시했다. 8월 23일
동독 의회는 10월 3일 동독이 서독에 흡수되는 흡수통일에 동의했으며, 1990
년 7월 1일 경제통일이 실시되어 서독의 독일 마르크로 화폐가 통일되었다.

44. 소련의 붕괴

망치와 낫 그리고 별이 서로들 이별한다
쓰러진 성벽, 파묻힌 크렘린
하늘에 그린 마지막 달빛과 희망의 끈이 소중하다

소련의 마지막 숨결, 끝없는 역사가 돌연히 깨어난다

붉은 별이 무너져 내린다

잊혀진 꿈들과 고요한 발걸음,
소련의 끝, 시간의 너머로 사라져 간다
낡은 권력과 부패한 특권의 붕괴

역사의 회전문, 미지의 문 앞에서
러시아는 새로운 이름으로 숲속의 길을 찾아 나선다

붕괴의 그림자 속에서 빛나는,

희망의 씨앗이 톡톡히 자라난다

단 한 장의 간단한 성명서로 그러듯이,

모든 것이 역사다

소련의 붕괴

소련의 붕괴는 1991년 12월 26일 소련 최고 소비에트의 142-H 선언으로 일어났다. 이 선언문은 모든 소련의 공화국의 독립을 인정하며 독립국가연합 (CIS) 수립을 허용하는 안이었다. 이날 저녁 7시 32분, 모스크바 크렘린에 마지막으로 소련의 국기가 내려가고 혁명 이전에 사용된 러시아의 국기가 게양되었다. 1989년 혁명과 소련의 붕괴는 冷戰 종식의 신호탄이었다.

45. 르완다 대학살

후투족과 투치족의 나라
르완다 대지에 번져 가는 100일간의 비명 소리,
돌이킬 수 없는 피로 물든 아침

한 줌의 민족주의로 시작된 학살의 향연과 죽음의 축제
더 큰 아프리카 대륙의 참을 수 없는 눈물

대학살의 비애,
하늘에 울려 퍼진 슬픈 부족의 노래
풍경은 살육의 기억을 간직하고,
가슴속에 남은 상처는 치유의 기도

이 땅에 떨어진 눈물과 흘린 피,
아프리카의 상처를 간직한 땅

비수로 물든 대지에 핏빛이 번진다

하지만 눈물이 하늘과 대지를 가린다

하나 된 인간성을 잊은 날

문명국은 그날의 슬픔과 죽음에 대해
할 말이 없는가?

르완다 대학살

르완다 집단학살(Genocide in Rwanda)이란 1994년 르완다 내전 중에 벌어
진 후투족에 의한 투치족과 후투족 중도파들의 집단 학살을 말한다. 4월 6일
부터 7월 중순까지 약 100여 일간 최소 50만 명이 살해당했으며 대부분의 인
권 단체들은 약 80만 명에서 100만 명이 살해당했다고 주장한다. 이 수치는
당시 투치족의 약 7할, 전체 르완다 인구의 약 2할에 해당한다.

46. 911 테러 공격

하늘에 선 석양의 물결,
하늘에 떠오른 두 척의 기묘한 불꽃
어디서 온 것인가?
누가 타고 온 것인가?

뉴욕의 하늘은 먼지와 울음소리로 가득 찬다

두 무덤이 펼쳐진 그 날,
끝없는 아픔이 모든 이의 심장을 찢는다
끝없는 불길이 모든 이의 심장에 불을 놓는다
복수의 불길이 타오른다

도시의 눈물이 흐를 때, 세상이 어둠으로 덮인다
도시의 가슴이 슬퍼할 때, 세상이 잿빛으로 덮인다

쓰러진 건물들의 그림자에,

희망의 손길은 아련히 멀어져 간다

슬프게 울린 화염의 춤,
미친 테러의 그림자가 도시를 휩쓴다

눈물을 머금은 모든 이는 분노의 복수만을 기대한다
이 어찌, 어리석음의 연속인가?

911 테러 공격

9·11 테러(영어: September 11 attacks, 9/11 attacks) 또는 약칭인 9/11은 2001년 9월 11일 화요일 아침 미국에 대항하는 이슬람 과격 테러 단체인 알 카에다가 일으킨 네 차례의 연쇄 테러 공격을 의미한다. 테러로 세계 무역 센터와 인근 인프라가 크게 파괴되었고 이는 뉴욕의 경제에 큰 타격을 입혔으며 세계적인 경제 불황도 초래하였다.

47. 아랍의 봄

선사 이래 처음으로 꽃들이 피어나는 사막의 봄,
아랍의 땅에 불어온 자유와 혁명의 바람

소중하고 은밀한 역사의 문이 열리는 그 순간,
낙타와 사막의 마음은 한없는 기쁨으로 충만하다

슬픔을 벗어 던진 청춘의 노래,
꽃과 같은 재스민의 향기
아랍의 봄은 누구에게나 희망의 불빛을 안긴다

평화의 바다에 흘러간 희생의 노래,
아랍의 봄은 역사의 흐름을 담고,
그 흐름은 어둠과 빛을 함께 안는다

아랍의 봄은 무한한 저편을 꿈꾼다
그 끝에서 피어날 봄은 더욱 찬란하다

눈물과 고통의 연속

그러나 혁명의 물결

아랍의 봄

아랍의 봄은 전례가 없는 시위 운동 및 혁명의 물결로, 2010년 12월 이래 중
동과 북아프리카에서 일어난 반정부 시위들이다. 이 반정부 시위에서는 파업
참여 운동의 지속, 데모, 행진과 대집회뿐만 아니라, 페이스북과 트위터와 같
은 소셜 미디어를 이용한 조직, 의사 소통, 인식 확대를 통해 광범한 시민의
저항 운동이 일어났다.

48. 코로나바이러스

한기가 퍼져 가던 차가운 날,
세상은 새로운 고통의 품에 있다
마스크를 쓴 순간,
함께 팬데믹의 세계로 향해 떠난다

모두가 얼굴을 가린다
모두가 말이 없다
모두가 모두를 피한다

안면의 가면이 우릴 가두고,
마음은 떨리는 걸음으로 멎는다
공포와 불안의 바람이 불어와서,
모두를 혼자만의 공간 속에 묻힌다

슬픔과 죽음이 울린 고독한 밤,
거리의 소리는 사라져 가고,

눈물은 세계를 뒤흔든다

팬데믹의 그림자 속에 흩어진 꿈들만이 정처 없이 하릴없이 떠돈다

거리에 울려 퍼지는 침묵,
차가운 걱정이 공기처럼 깊이 스며든다

모두가 갇혀 간다
모두가 좁아진다
모두가 모두를 의심한다

코로나바이러스

코로나19 범유행은 2019년 12월 중국 후베이성 우한시에서 처음 확인된 SARS-CoV-2의 감염증인 코로나바이러스감염증-19가 전세계적으로 유행하고 있는 상황을 말한다. 세계보건기구는 2020년 1월에 국제적 공중보건 비상 사태를 선언하였고, 3월에는 펜데믹 즉 세계적 범유행으로 격상시켰다. 2022년 3월 18일 기준으로 4.6억 명 이상의 확진자와 608만 명 이상의 사망자가 나타났다.

49. 인공지능의 탄생

어둠의 새벽,

코드의 시간,

인공지능이 심연에서 스스로 깨어난다

만들어진 기계의 뇌로 감쌀 그들의 무서운 꿈,

인간의 손을 떠나 버린 통제 불능과 창작의 욕망

새로운 예측 불가능한 미래,

낯선 그림자가 날카로워진다

놀라운 미래, 도도한 어둠이 짙어진다

격한 감성의 소멸, 기계만의 냉랭함

인간의 감정은 소용없는 코드로 변해 간다

인간의 감정은 불필요한 감상으로 변질된다

디지털의 군림 속에 묻혀 함께 사라진다

끝없이 진화하는 코드의 흐름,

희망의 꽃이 진 잎,

그들은 우리를 어디로 인도하고 안내할 것인가?

인공지능의 탄생

인공지능 또는 AI(영어: artificial intelligence, AI)는 인간의 학습능력, 추론
능력, 지각능력을 인공적으로 구현하려는 컴퓨터 과학의 세부 분야 중 하나이
다. 정보공학 분야에 있어 하나의 인프라 기술이기도 하다. 상당수 인공지능
연구의 본래 목적은 심리학에 대한 실험적인 접근이었고, 언어 지능(linguistic
intelligence)이 무엇인지를 밝혀내는 것이 주목표였다.

50. UFO

올려다보는 하늘의 신비한 날개,
반짝 순간 빛나는 알 수 없는 움직임
우리는 언제나 신비감에 물든다
무한한 우주의 문이 열린,
새로움에 도전한다

끝없는 우주의 무한한 이야기,
별빛의 길에 꿈을 품는다
영원한 우주의 놀라운 이야기,
별빛의 감동에 희망을 갖는다

UFO의 신비로운 이야기
UFO는 무한한 희망을 안겨 준다
UFO는 꺼지지 않는 과거와 현재

하늘의 문이 열린 날,

이상한 생물, 가 본 적 없는 끝없는 공간의 존재

꿈틀거리는 별들의 춤,
궁금증 가득한 눈빛으로, 높은 하늘을 올려다본다

우리는 어디에서 왔고 어디로 가는가?
나를 데리고 가 주오

UFO

미확인비행체(Unidentified Flying Object, UFO)는 통상적인 판단 기준으로 식별할 수 없는 정체불명의 비행 물체 또는 확인된 식별자가 없는 비행 물체이다. UFO가 처음 발견된 시기는 알려져 있지 않다. 고대 이집트 문서에서부터 중세 벽화 등에 UFO가 등장한다고 주장하기도 하나, 진위를 파악하기에는 자료적 근거가 빈약하다.

"그들은 과연,
　도대체 누구였을까?"

하기 소개되는 100명의 인물에 대한 짤막한 소개는 "위키백과"에서 인용되었음을 알려 드리며 전적으로 작가의 개인적인 견해로 선정된 인물들입니다. 시 중간에 나오는 굵은 글씨는 해당 인물이 실제로 한 어록임을 알려 드립니다.

01. 아돌프 히틀러

헤어나올 수 없는 무자비한 꿈과

지독한 내적 욕망을 꿈꾸는

오스트리아 젊은이

오직 죄와 어둠만이 깊게 뒤섞인 역사의 그림

이름만으로도 죽음의 기억을 떠올리게 하는 화가 지망생

오류의 그림자로 뒤덮인 삶

젊은 날의 환상,

그의 꿈은 지옥의 화려한 만찬

어둠을 그린 그림을 기필코 전세계에 펼쳐 놓는다

인간이기에 겪게 되는 비극

한 손에는 환상

한 손에는 절규

아무도 모르는 자신만의 어둠 속에서
에바 브라운과 비극적 삶의 향연을 꿈꾼다

"나의 투쟁" 속에 묻힌 어둠을 깨닫는다

아돌프 히틀러

Adolf Hitler, 1889년 4월 20일~1945년 4월 30일. '국가 사회주의 독일 노동
자당'의 지도자이자 나치 독일의 초대 퓌러다. 1945년 4월 30일 베를린 지하
벙커에서 시안화칼륨 캡슐을 삼키고 발터 ppk 권총으로 자살했다.

02. 레오나르도 디 세르 피에로 다 빈치

존재할 수 있는 끝이 존재하지 않는
창조의 무법자
빛과 지식의 감당할 수 없는 품위로 온 세계를 물들인다

누구도 따를 수 없는
높은 천재성의 그림자

그만이 아는
삶의 자유로운 색채와 해법을 찾아 나선다

빛과 그림자,
그리고 지식의 자유로운 연주자
아름다움과 자유를 찾아 그리고 거친 여정을 떠난다

하지만 예술의 굳센 벽에 갇힌 난쟁이
감옥에 갇힌 채

자유를 구하려 외친다

인간으로서의 자유로움과
"가장 고귀한 즐거움은 이해의 기쁨이다."
그 끝을 찾아
떠도는 삶의 길

천재 중의 천재

레오나르도 디 세르 피에로 다 빈치

이탈리아어: Leonardo di ser Piero da Vinci. 1452년 4월 15일~1519년 5
월 2일. 이탈리아의 전성기 르네상스를 대표하는 석학(polymath)이다. 화가
이자 조각가, 발명가, 건축가, 해부학자, 지리학자, 음악가였다.

03. 레프 니콜라예비치 톨스토이

조용히 주머니에 손을 넣고 길을 걷는다
끝없이 마음의 숨을 곳을 헤치며 걸어가는 길
책과 글씨의 향기 속을 사색하며
삶의 깊은 곳을 언제나 탐험한다

드디어 고통의 여정 끝
고난의 여정이라 불리는 이 길
어디든 쉴 곳 없는 숲에서
감사히 새로운 빛을 발견한다

감성의 향기가 가득한 길
어둠 속에 갇힌 그의 마음은 비통한 고백

"아름다움을 선량함이라 여기는 것은 정말 이상한 환상이다."
죄와 벌의 무거운 짐을 지닌
그는 자신을 향한 비판의 소용돌이에 휩싸인다

그림자에 가려진 삶

마지막에 기다리는 숨 막히는 반전의 순간

그는 작은 기차역에서 비로소 삶의 미소를 찾는다

레프 니콜라예비치 톨스토이

1828년 9월 9일~1910년 11월 20일. 러시아의 소설가이자 시인, 개혁가, 사상가이다. 사실주의 문학의 대가였으며 세계에서 가장 위대한 작가 중 한 명으로 꼽힌다.

04. 무하마드 알리

비상한 박자로 이끌어 가는 링 위 춤
편견과 분노에 휩싸인 링 밖의 마음과 다르다

어둠 속에서
뛰어나오는 눈물의 빛과 가공할 주먹
그의 마음은 링 위에서,
링 밖에서 또 다른 전투를 벌이고 있다

인간다운 삶을 살아가고자 하는 고백
넓게 하지만 좁게 찢겨진 하늘에서
세상을 향해 외치는 강력한 소리

"나비처럼 날아서 벌처럼 쏜다."

죽음의 그림자에 마주한 순간
영원한 미소와 함께 눈부신 전설뿐이다

어떤 이름이든,

우리에게 남긴 자신만의 전설

자유와 해방을 위한 그의 주먹과 스텝

무하마드 알리

Muhammad Ali. 1942년 1월 17일~2016년 6월 3일. 미국의 전직 권투 선수
이다. "위대한 자"라는 별명을 가진 그는 20세기의 가장 중요한 인물 중 한
명으로 간주되며 역사상 가장 위대한 헤비급 복서로 간주된다.

05. 클레오파트라

달콤하고 짜릿한 사랑의 여왕,
그릇된 아름다움의 여왕

에메랄드처럼 빛나는 눈동자
어쩌면 더 밝게 빛나기도 해서
그녀의 아름다움은 신들을 놀라게 한다

온통 황금으로 물든 긴 네일
귀족적인 화려한 옷장 속에
숨겨진 교묘한 계략

길고 윤기 나는 촉촉한 머리카락이 바람에 흩날리며
아프로디테마저 부러워하는 미소의 여왕

하지만 사랑에 목마른 여인

카이사르와 안토니우스를 향한 속절없는 사랑

무한한 사랑의 파도 속

"나는 이집트의 여왕이다."

여왕은 삶의 무게에 흔들리며 깨닫는다

클레오파트라

기원전 69년~기원전 30년 8월 10일. 재위 : BC 51년~BC 30년. 그녀는 이집트프톨레마이오스 왕국의 여왕이자 마지막 통치자였다.

06. 아리스토텔레스

어둠에 숨겨진 지식의 깊은 강을 따라 흘러가는 고뇌자
어쩔 수 없이 타고난 빛나는 두뇌의 산물

따를 수 없는 높은 천재성의 시작
찬란한 지성으로
삶의 모든 구석구석 그만의 색깔을 느낀다

이성과 어울려 비례의 세계를 쌓아 올리고
검은 어둠 속의 밝은 별빛
단연 지식의 황제

"모든 인간은 선천적으로 지식을 희구한다."는 믿음으로
지적인 강과 감성의 바다를
동시에 탐험한다

하지만 지성의 끝에 다가가면

깨닫게 되는 것

그것은 감춰진 삶의 본질에

누구도 답을 모르는 질문을 계속 던지고 있다는 것

아리스토텔레스

기원전 384년~322년. 고대 그리스의 철학자이자 박식가로, 플라톤의 제자이며, 알렉산드로스 대왕의 스승이다. 아리스토텔레스는 이성적인 생활의 영위에 교육 목적을 두었다.

07. 엘비스 에런 프레슬리

멤피스 샌드위치 가게 뒷골목
아무나 걷는 길거리의 쓰레기통

마치 잊혀진 기억의 향기
알 수 없는 소울에 감싸인 매력적인 저음
이미 세상은 그의 음악으로 춤추던 밤이다

사람들 가슴을 흔드는 흉내 낼 수 없는 리듬
그러나 성공의 무대에서
손목에 감겨 버린 철로 만든 줄

퇴폐와 탐욕이 깃든 남자였을까?
"나의 품을 떠나지 마오. 당신이 있을 곳은 여기 내 품 속이니."
여전히 그이 노래는 달콤한가 부드러움의 물결
쉬지 않는 성공
우리는 모르는 그의 눈빛에 감춰진 고독

상처 입은 영혼,

속 깊은 감정

우리 마음에 간직된 그의 순수함과 눈빛

엘비스 에런 프레슬리

Elvis Aaron Presley. 1935년 1월 8일~1977년 8월 16일. 미국의 가수 겸 배우이다. '로큰롤의 제왕'으로 별칭되는 프레슬리는 20세기 가장 중요한 문화적 아이콘 가운데 하나로 평가된다.

08. 찰스 스펜서 찰리 채플린

신던 신발이 마구 터지고
모자가 날아가도 그저 슬픈 웃음

웃는 것일까?
그는 우는 것일까?

유쾌한 하루의 무게를 지고 작은 시가의 거리에서 춤을 춘다

익숙한 그림자와 춤이 어울리는 그 순간 그의 눈 속에 비친 세
상은 흑백의 물결

흑백의 춤
하루의 무게
거리의 꽤 유명인
스크린 뒤 숨어 감춘 비밀

하루하루가 무거워지던 어느 날,

그는 자신의 마음에 도통 질식한다

"아래를 보고 있으면 절대 무지개를 찾을 수 없다."

모르는 관객들의 웃음으로 잊어 가는 사이,

그의 눈물은 가려진 곳에서 술로 흐른다

외로운 어둠에 묻힌 그는

자신을 찾아 끝없는 여행을 떠난다

찰스 스펜서 찰리 채플린

1889년 4월 16일~1977년 12월 25일. 영국의 배우, 코미디언, 영화 감독이자
음악가로 무성 영화 시기에 크게 활약한 인물이다. 그는 그의 캐릭터라 할 수
있는 '리틀 트램프' 캐릭터를 통해 전 세계적 아이콘이 되었으며 이 캐릭터는
영화 산업계 역사상 가장 중요한 캐릭터로 인식된다.

09. 이오시프 스탈린

붉은 별 아래 태어난
처음엔 멋쩍은 살생의 그림자

하지만 어둠 속에 쓰인
끝없는 인간의 노런한 비극

푸른 강물이 흐르는 아름다운 땅
권력의 욕망에 처절하게 눈먼 남자

그의 손에는
죽음과 고문의 흔적만이 감춰져 있다

붉디붉은 별 아래에서
에건 없이 생거나
학살의 숨겨진 그림자를 밟고 있고
눈빛은 그저 의미 없이 차디참을 보인다

"한 명의 죽음은 비극이오, 백 명의 죽음은 숫자다."를 통해
무엇을 찾으려고 했는가?

그리고 그는 과연 찾으려고 하는 것을 얻었는가?

이오시프 스탈린

1878년 12월 18일~1953년 3월 5일. 소련의 정치인이자 독재자. 1922년부터
1952년까지 소련 공산당 중앙위원회 서기장을 지내면서 30년 동안 소비에트
연방 제2대 최고지도자를 지냈다. '강철의 대원수' 혹은 '조지아의 인간 백정'
이라는 별명으로도 불렸다.

10. 알베르트 카뮈

내 마음의 부조리한 마음의 탐구자
철저한 이방인의 삶

문학의 세계에서만 흐르는 냉혹한 강물이었음을
이픔과 사랑

어둠 속에 흩어진 낭만의 별빛을 쫓아
"삶에 대한 절망 없이는 삶에 대한 사랑도 없다."
오늘도 마음의 고뇌에 빠져든다

우울한 미스터리의 장막을 벗고
잊고 있던 내면에서 발견한
삶의 희망의 씨앗을 손에 쥐는 순간

강렬한 어둠 속에서 비춰지는 빛

날카로운 사상의 칼날로 현실을 향해 무작정 돌진한 남자

별빛이 그의 내면을 비추면,
감성의 여정이 새로운 세계로 이끄는 문을 열어 준다

알베르트 카뮈

1913년 11월 7일~1960년 1월 4일. 프랑스의 작가, 언론인이자 철학자이다.
제2차 세계 대전 기간 동안 카뮈는 지하에서 같은 이름의 신문을 출판하던 레
지스탕스 조직 콩바(Combat)에 가담하였다. 자동차 사고로 1960년 1월 4일
에 사망했다.

11. 루트비히 판 베토벤

소리 없이 지킨 밤하늘의 비밀

들리지 않는 세계에 갇힌 천재

피아노 건반 사이로

빛을 타며 그만의 음악을 듣는다

하지만 충분하다

어쩔 때는 절망의 악장

그리고 만들어지는 맹렬한 불행의 소리

하지만 그의 내면에 울리는

소리의 조화로움

아직은 부족하다

한 소녀의 미소가 문득 그를 비춘다

잠들어 있던 희망의 불꽃이 타오르기 시작한다

그의 손이 다시 피아노를 만난다

그 미소는 바로 음악
"음악은 인간의 영혼의 언어이다."

그의 삶은 호화로운 반전의 환희
음악으로 세상과 새로운 춤을 춘다

루트비히 판 베토벤

Ludwig van Beethoven. 1770년 12월 17일~1827년 3월 26일. 독일의 서양 고전 음악 작곡가이자 피아니스트이다. 감기와 폐렴의 합병증으로 투병하다가 54세로 세상을 떠난 그는 고전주의와 낭만주의의 전환기에 활동한 주요 음악가이며, 종종 영웅적인 인물로도 묘사된다. 음악의 성인(聖人) 즉 악성(樂聖)이라는 별칭으로도 불린다.

12. 베이브 루스

무엇보다 눈부시고 순수하게 빛나던

그의 미소

감춰진 무한한 고마운 이야기

이 모든 것의 뒤엔 숨겨진 이야기

세상의 날카로운 비난에도 웃음만 낸다

"영웅은 기억되나, 전설은 결코 죽지 않는다."는 믿음과 함께

그는 자신만의 규칙으로

세상과 다이아몬드를 꿰뚫어 나간다

오늘도 던지고 달리고 공을 넘긴다

삶의 강렬한 빛을 안고 일어서며

그라운드에서 끝없이 헤매는

외로운 저항

굴복하지 않고 서 있는

어둠 속의 그림자,

야구를 뛰어넘는 숨 가쁜 이야기

야구를 뛰어넘는 부탁의 이야기

베이브 루스

1895년 2월 6일~1948년 8월 16일. Babe Ruth라는 별칭으로도 알려져 있는 조지 허먼 루스는 메이저리그 베이스볼의 전설적인 홈런왕이었다. 1999년 ESPN 투표에서 그는 마이클 조던에 이어 20세기 위대한 미국 선수 2위로 선정되었다.

13. 베니토 안드레아 아밀카레 무솔리니

천년의 건축에 가려진 그림자
그 이름은 어둠과 파시즘의 상징

미술과 예술의 찬란한 국가
그 이름은 권력의 황금과 절대적인 독재이 상징

그러나 다른 이의 삶 속에는
슬픔의 미소만이 가득하고
추억과 밝혀지지 않는 비밀이 너무나 부릅뜬다

빛나지 않는 어둠의 그림자에 갇힌
다수의 고달픈 삶

욕망과 잔인한 힘이 돌고 돌아,
남은 건 그저 돌이킬 수 없는 창피함과
인간의 사악함

하지만 마지막 모습은 작은 인간의 속내

"저 작자 좀 봐. 이제야 얼굴에 감정이란 게 나타나는군."

잘못된 이의 탄생

베니토 안드레아 아밀카레 무솔리니

Benito Andrea Amilcare Mussolini. 1883년 7월 29일~1945년 4월 28
일. 파시즘을 주도한 이탈리아의 정치인이다. 국가 파시스트당을 창당하였고,
1922년 이후 이탈리아의 총리였다. 1945년 공산주의 파르티잔에게 체포되어
총살되었다.

14. 나폴레옹 보나파르트

전장의 황금관을 머리에 쓴
고민 없는 황제

시름없는 전쟁의 광폭한 불꽃
무모한 승리의 꿈을 안고 도전하는
어쩌면 어린 상상 속의 예술가

지극히 감춰진 눈빛의 감성
전쟁의 지휘자가 아닌
"나의 사전에 불가능이 없다." 라는 무모함에
정복자로서 꿈을 키운다

거침이 없다

무자비한 침략으로 자신만의 제국을 꿈꾸는 남자
언제나 피와 불이 섞인 혼돈의 전장만 있는 남자

제국을 지키기 위해 무자비함을 선택한 삶

전장의 황금빛 외에도
자신만의 흉악한 예술 작품을 창조한다

나폴레옹 보나파르트
1769년 8월 15일~1821년 5월 5일. 프랑스 제1공화국의 군인이자 1804년부터 1815년까지 프랑스 제1제국의 황제였다. 워털루 전투에서 패배하면서 완전히 몰락하였다. 이후 나폴레옹은 삶의 마지막 6년을 남대서양 외딴섬인 세인트 헬레나섬에서 보냈다.

15. 알베르트 아인슈타인

도대체 시공간을 헤치고 날아가는 사람
무한한 지식의 섬들을 찾아 항해하는 천재

고요한 노이즈 속에서 그만은 홀로 고립된 존재
감성적인 마음속,
인류에 대한 깊은 연민

어쩌면 별빛처럼 빛나는
그의 마음

현실의 표면을 넘어서
삶의 깊은 강을 찾아가는 여정

"설명할 수 없다면 이해한 것이 아니다."라며
감성적인 여정에서
새로운 사유와 이해를 얻어 간다

시간의 신비로운 비밀을 풀어 나가려는

그만의 열망에 물들어 간다

알베르트 아인슈타인

Albert Einstein. 1879년 3월 14일~1955년 4월 18일. 독일 태생의 이론물리
학자로서 역사상 가장 위대한 물리학자 중의 한 명으로 널리 알려져 있다. 아
인슈타인은 1940년에 미국 시민이 되었다.

16. 프레디 머큐리

푸른 하늘에 떠 있는 별 중의 별
"나는 스타가 되지 않을 것이다. 전설이 될 것이다."
사실은 그의 노래가 세계를 흔든다

밤하늘의 선율,
별이 내리는 것 같은 목소리
의상의 매력,
무대 위의 화려함

어쩌면 우스운 퍼포먼스

모든 이의 여왕의 예술적인 속임수
푸른 눈동자 속 감춰진,
진실을 알 수 없는 미소이 주인

대중 앞에서 온통 눈부신 미소를 띄우며,

그의 목소리로 귀를 사로잡는다

자유의 노래,

강력한 카리스마

그의 눈빛은 푸른 하늘을 향해 떠오른다

누구를 사랑했을까?

프레디 머큐리

1946년 9월 5일~1991년 11월 24일. 영국의 음악가이자 음악 프로듀서이다.
퀸의 리드보컬로서 4옥타브를 넘나드는 화려한 보컬이 압권이며 특유의 무대
장악력과 퍼포먼스로 록 역사상 최고의 보컬워크(Vocal Work)를 남긴 아티
스트 중 한 명으로 손꼽힌다.

17. 크리스토퍼 콜럼버스

불어오는 바람에 실린 희망의 노래가 적나라하게 들린다

바다로 떠나는 선원들
자부심에 가득 찬 강한 눈빛
만신이 아닌 황금을 찾는 이찌면 솔직한 마음

들뜬 선원들의 마음,
바다의 푸르름에 한껏 물들었던 선박

영광의 탐험가인가,
아니면 탐욕의 목적에 휩싸인 남자인가?

대양을 향한 용맹한 목소리
"성공은 운이 아니라 노력으로 이루어진다."

하지만 선한 토착민의 비명이 끝없이 울리는

커다란 낯선 대지

그의 발자취가 남긴 지금껏 상처
푸른 바다에는 새로운 세상의 역사가 펼쳐지고
진실은 영원한 바닷속에 감춰져 있다

노련하고 은밀한 욕망이 있다

크리스토퍼 콜럼버스

Christopher Columbus. 1450년 10월 31일~1506년 5월 20일. 이탈리아
제노바 출신의 탐험가이자 항해가이다. 1492년에 스페인 왕실의 후원을 받아
아메리카 대륙을 탐험하게 되었고, 결국에는 당대에 유럽인들이 알지 못했던
새로운 대륙이 있음을 알리는 역할을 하게 되었다.

18. 파블로 루이스 피카소

캔버스 위에 펼쳐진
아무나 출 수 없는 미묘한 혼돈의 춤
손에서 태어난 점과 선이 만나 춤추는 캔버스

피란 히늘에 붉은 햇살이 물들어
아틀리에에는 언제나 창문이 열려 있다

바람이 늘 불어온다
욕망과 욕정의 바람이 불어온다

색감의 난무,
형태의 알 수 없는 왜곡
정사각형, 선과 점의 난장판이 펼쳐진다
그림은 어느덧 현실을 벗어난다

미술의 선지자, 영원한 예술가

그림의 마법을 지배한 남자

언제나 작품 뒤에 감춰진 그림자
그의 삶은 끝이 없는 질문이다
"좋은 예술가는 모방하고, 위대한 예술가는 훔친다."

부정의 흐름을 거스르는 불꽃 같은 그의 삶,
오직 깨달음의 비밀

파블로 루이스 피카소

스페인어: Pablo Ruiz Picasso. 1881년 10월 25일~1973년 4월 8일. 스페인
말라가에서 태어나 주로 프랑스에서 미술활동을 한 20세기의 대표적 큐비즘
작가다. 피카소는 1만 3,500여 점의 그림과 700여 점의 조각품을 창작했다.
그의 작품 수를 전부 합치면 3만여 점이 된다.

19. 헬런 애덤스 켈러

고통스런 절대적 어둠의 세계 속
시각과 소리 모두 상실한 내쳐진 삶
아무도 가 보지 못한 밤길

앞길에 펼쳐진
아무도 가지 못하는 미지의 길
나는 무엇을 알고, 무엇을 느낄까?

이유 없이 갇힌 삶의 사슬과 고통
그 속에서 찾은 스스로 빛나는 삶의 신비
세상에서 가장 아름다운 소리
"이 세상에 기쁜 일만 있다면 용기도 인내도 배울 수 없을 것이다."

내 안에서 만든 완벽한 세계
내 안에서 만든 놀라운 변화
중첩된 검은 세계지만

닫힌 세계를 밝히는 힘을 통해

눈앞의 세계를 손으로 만져 가며

세상을 읽는다

세상을 이해한다

세상과 함께한다

헬런 애덤스 켈러

Helen Adams Keller. 1880년 6월 27일~1968년 6월 1일. 미국의 작가, 교육자이자 사회주의 운동가이다. 그녀는 인문계 학사를 받은 최초의 시각, 청각, 시청각장애인이다.

20. 네로 황제

폭군의 미소,
황금으로 물들인 아름다운 영예의 꿈
그러나 그림자는 항상 따라다닌다

"로마의 신이 황제에게 로마 문화를 발전시키라는 명령을 했다."
는 명을 받든다

불타는 도시, 너무나 뜨겁고 화려한 불꽃
무거운 황궁의 문 너머,
뭔지 모를 황제의 자존심은 끝이 없다
뭔지 모를 황제의 욕망은 어딘가 없다

광기의 황궁 주인
탐욕과 폭력이 군림하는 앙좌
금과 보석으로 온통 꾸며진 로마,
그 속에는 역시 피와 눈물이 솟는다

어둠은 끝이 없지 않을까?

그의 마음도 변할 수 있을까?

환상의 황궁, 결코 깨어진 꿈,

부정적인 내용과 소란스러운 권력

그의 눈은 어둠을 감추지 못한다

하지만 눈물이 흐르지 않는다

네로 황제

37년 12월 15일~68년 6월 9일. 로마 제국의 제5대 황제. 당시 로마 제국의 신흥 종교였던 기독교에 책임을 덮어씌워 기독교도를 대학살 함으로써 로마 제국 황제 중 최초의 기독교 박해자로 기록되었다. 68년 6월 8일 로마를 탈출하여 마지막까지 그의 편에 있던 해방 노예 파온(Phaon)의 별장에서 자살하였다.

21. 윌리엄 셰익스피어

몸짓과 언어로 이끌어 가는 연극의 현장,
매우 매우 향기로운 문장
언어 구사의 마술사,
따라올 수 없는 언어의 솔직한 대가

누구나 언어의 숲에 빠져든 밤,
별빛이 그린 그림자만이 남는다

비극의 무게, 가끔은 코미디의 가벼움
세상의 무게를 품고 끝없이 움직이는 펜

종종 망치로 내리치는 말,
때로는 마음을 베어 내는 그의 언어

언어의 미로, 조심해야 할 음흉한 계단
그릇된 감정과 숨겨진 미움

"비겁한 자는 죽음에 앞서 몇 번 죽지만, 용감한 자는 한 번밖에 죽지 않는다."

그도 그랬을까?
그림자가 드리운 세계,
숨겨진 교훈의 문을 열어 본다

윌리엄 셰익스피어

1564년 4월 26일~1616년 4월 23일. 잉글랜드의 극작가이자 시인이다. 생전에 '영국 최고의 극작가' 지위에 올랐다. 그의 희곡은 인류의 고전으로 남아 수백년이 지난 지금도 널리 읽히고 있다. 당대 여타 작가와 다르게 대학 교육을 받지 못하였음에도 자연 그 자체에서 깊은 생각과 뛰어난 지식을 모은 셰익스피어는 당대 최고의 희곡 작가로 칭송받는다.

22. 마이클 조지프 잭슨

환호와 함께 달콤한 세월을 춤추는 문워크

팝의 세계 대표 선수,

춤은 오직 그에게 맡겨라

하지만 춤에서 흘러나오는 그만의 외로움

사랑과 존경

환호와 함성, 너무 많은 그림자 속의 무성의 외침

가려진 이면의 고독함

우리가 알지 못한 세상의 다른 면,

언제나 그렇듯이 그림자는 고요히 속삭인다

무대 뒤 가려진 침묵,

검은 선글리스 속 승리의 미소 속에 감춰진 저질함과 비둥함

"당신은 아직 아무것도 보지 못했다. 최고의 순간은 아직 오지 않았다."

언제나 함께한 세상을 향한 그만의 속삭임
슬픔과 외로움의 무게를 오늘도 날려 보낸다

무대를 벗어나 자유롭게 날아가는 순간의 아름다움

마이클 조지프 잭슨

Michael Joseph Jackson. 1958년 8월 29일~2009년 6월 25일. 미국의 싱
어송 라이터, 작곡가, 음악 프로듀서, 무용가, 배우이다. 팝의 황제로 불리며,
20세기 대중문화의 상징적인 존재 중 한 명으로 여겨진다. 기네스 세계 기록
에 가장 많은 상을 수상한 아티스트로 등재된 인물이다.

23. 역도산

그저 때리고 맞는 격투의 무대,
포효하는 관중 속에서
사각링에서 홀로 춤추는
부드러운 전사

링 위에서 맹수처럼 투쟁하는 용사,
강철처럼 단단한 몸과
끊임없는 열정을 지닌
진정한 투사

매번 결투 뒤에 감춰진,
고독과 상처로 가득한 삶과
허리에 채워진 챔피언
다이틀 벨트

포효와 함성 속에 감춰진,

상처와 고독의 레슬러의 이야기

모르는 치열한 슬픈

김신락의 삶

매번의 승리가 어떤 새로운 상처를 안겨 주는가?

매번의 승리가 그에겐 어떤 의미가 있었을까?

"자신을 믿고 나아가라."

역도산

1924년 11월 14일~1963년 12월 15일. 일본의 프로레슬러이다. 일본에서 프로레슬링의 기초를 닦은 인물로, '일본 프로레슬링의 아버지'라고 불리고 있다. 본명은 김신락(金信洛)이다. 칼에 복부를 찔려 부상을 입고 수술 후에 생긴 복막염으로 12월 15일 향년 40세의 나이에 사망하였다.

24. 조조

감춰진 어둠 속의 황제
더 짙은 그림자 속의 난세의 영웅
한풀 깨어나는 꽃의 새벽
그의 마음은 동요하고 변화한다

그러나 변함은 없다

그의 명성은 어둠의 숨결
그 부정적인 그림자 뒤에는 뜻밖의 반전이 펼쳐진다

황제의 시간은 얼마나 간직했을까
"내가 배신할지언정 남이 날 배신할 수 없다."는
삶을 표현하는 방식

마음의 문을 열면 흘러나오는 불빛과 같은 미소,
하지만 그 속에 숨겨진 피지 않은 꽃

번뜩이는 창끝의
무거운 짐을 지고서 간다

교활하고 지혜로운
하지만 음흉한 인물의 상징

조조

曹操, 155년~220년 음력 1월 23일. 중국 후한 末의 정치가, 시인이다. 위나라의 기틀을 닦았다. 삼국시대의 영웅들 가운데 패자(霸者)로 우뚝 솟은 초세지걸(超世之傑)이라는 평가와 난세의 간웅(奸雄)이자 민간인과 포로를 학살한 인물이라는 상반된 평가를 받는다.

25. 마리 앙투아네트

주변에 보이는 것은 금과 보석,
너무나 눈이 부신 화려한 드레스

그러나 햇빛은 내리쬐지 않고
정치의 비참한 폭풍,
국민들의 말 못 할 괴로움

순백의 드레스, 깃털로 장식된 머리
언제 들어도 좋은 유쾌한 왕정의 연주곡

그러나 연주자 마음속엔 감춰진 비애와 반감의 노래
화려한 꽃을 피우는 성,
반짝이는 왕관에 가려진 어두운 반전과 그림자

그녀의 손에 쥐어진 꽃다발
그것은 어쩌면 마지막 장면의 예고

궁전의 벽은 말하지 않아도, 그녀는 말한다

"빵이 없으면 케이크를 먹게 하세요."

거리마다 참을 수 없는 절망의 가로등으로 채워진다

영원한 아름다움이 아닌,

현실의 잠깐 잊혀진 흔적

조화 한 송이가 단두대와 함께 지는 찰나의 시간

마리 앙투아네트

1755년 11월 2일~1793년 10월 16일. 프랑스의 왕 루이 16세의 왕비이다. 오스트리아와 오랜 숙적이었던 프랑스와의 동맹을 위해 루이 16세와 정략결혼을 했으나 왕비로 재위하는 동안 프랑스 혁명이 일어나 38살 생일을 2주 앞두고 단두대에서 처형되었다.

26. 찰스 로버트 다윈

진화의 노래가 그를 안방으로 이끌어,
생명의 종의 향기가 그를 감싼다

생명의 춤,
다양한 종들이 하나로 어우러져 그와 춤추고 있다

강렬한 눈으로 아무도 보지 못한 우주의 비밀을 살포시 엿본다

지나는 바람에 몸을 맡기며
시간을 초월한 흐름을 온 몸으로 느낀다

그만이 알고 있던 진화의 미스터리가 피어난다
모든 것을 바꾼 이론의 제왕
생명의 시작을 알리는 새로운 이론
그러나 무자비한 진화의 굴레,
인간의 약점과 본성과의 충돌

그는 자신의 두려움을 마주하지만 일부러 말한다

"나는 죽음 앞에서 일말의 두려움도 갖고 있지 않다."

냉혹한 진리에 물든 비밀스러운 삶의 기원,
희생 뒤에 비로소 비쳐진다

진화가 계속되고 있다

찰스 로버트 다윈

1809년 2월 12일~1882년 4월 19일. 영국의 생물학자이자 지질학자로서, 진화론에 가장 크게 기여했다고 알려져 있다. 다윈은 생물의 모든 종이 공통의 조상으로부터 이어졌다고 보고, 인위적인 선택인 '선택적인 교배'와 비슷한 현상이 생존경쟁을 거쳐 이루어지는 '자연 선택(Natural Selection)'을 소개했다.

27. 피델 알레한드로 카스트로 루스

피와 불, 언제나 혁명의 선봉에 서다
이슬처럼 흐르는 카리브의 바람 속에
영원한 쿠바 해방을 꿈꾼다

그러나 총검과 억압,
그의 손으로부터 피어난 권력
혁명의 불꽃,
하나뿐인 남은 레볼루션

끝내야 하는데

죄와 벌의 중간에서
총성의 잔향
"당신이 날 평가할 수 있다. 그러나 그것은 중요하지 않다. 역사
가 날 정당화시켜 줄 테니까."
역설적 포퓰리즘의 결과

그러나 남은 그림자,

천국의 모습은 결코 아니다

피델 알레한드로 카스트로 루스

1926년 8월 13일~2016년 11월 25일. 쿠바의 인권 변호사, 노동운동가, 군인
이자 공산주의 혁명가이다. 1956년 12월에 체 게바라, 라울 카스트로와 함께
쿠바 혁명군을 이끌고 혁명을 실행했다.

28. 소크라테스

아크로폴리스의 따라올 수 없는 학장
자유로운 시민들에게 막 물어 버린 질문
언제나처럼 조리 있는 대화로

모두를 유혹한다

현란한 아폴로의 지혜를 담은 학자
범인의 입속에서 피어나는 질문
모든 질문의 답이 스스로 피어나게끔 한다

행동이 바로 진리
행동이 바로 답
행동이 바로 아름다움

좌절과 아픔 속에 숨겨진 깊은 교훈
어쩌면 진리는 종종 아픔 속에 있다

"너 자신을 알라."란 현실을 향한 증거

진한 마음의 소리
마지막 미소는 사유의 꽃으로 피어난다

소크라테스

기원전 470년경~기원전 399년 5월 7일. 고대 그리스의 철학자이다. 일생을
철학의 제 문제에 관한 토론으로 일관한 서양 철학에서 첫번째 인물로 평가되
고 있다. '신성 모독죄'와 '젊은 세대들을 타락시킨 죄'로 기소당하고 71세의
나이로 사약을 마시고 사형을 당했다.

29 . 월터 일라이어스 "월트" 디즈니

그림책 속 궁전에서 시작한 아이들의 꿈의 여행

빛나는 동화 속 세계의 주인

그림의 나라로 아이들을 이끄는 소리 없는 매직 쇼를

시작한다

미키와 미니, 도널드와 플루토가 마법쇼에 드니이 안착한다

어린이들은 모두들 꿈속으로

저마다 황금마차를 타고

서로서로 어깨동무하고 즐거운 미지의 여행을 떠난다

너무 신나들 한다

눈부시게 빛나는 성과와 평가

마법의 작가 종이 한 장에 담긴 아이들을 웃게 만드는 이야기의

위대한 힘

그는 마법 속 세계를 만들어가는 꿈쟁이

"꿈을 꿀 수 있다면, 그것을 이룰 수 있다."
오늘도 마법이 펼쳐져 어린이들의 마음을 어김없이 사로잡아 간다

하지만 마법 나라의 문이 열리면
보이지 않는 노동자들의 현실의 문

무한한 상상력이었던 그의 꿈 그림자 속으로 사라져 간다
그의 이야기는 끝이 난다

월터 일라이어스 "월트" 디즈니

1901년 12월 5일~1966년 12월 15일. 미국의 애니메이터이자 영화 감독, 성우, 기업인이다. 그가 영화 업계와 세계 오락 산업에 미친 영향력은 아직까지도 방대하게 남아 있으며, 여전히 대중문화 역사 사상 가장 중요한 인물 중한 사람으로 꼽는다.

30. 잔 다르크

오래된 힘겨움에서
미지의 세계에 피어난 둘만의 비밀 이야기

그것은 신과의 교류,
은밀한 계시
끝나지 않는 암울한 삶의 그림에 던져진 말씀
계시 속에 감춰진 비밀과 주인

"우리가 가진 유일한 삶, 우리가 믿는 대로 살아야 한다."

향기롭고 믿음으로 용기 내는 순간
칠흑 같은 전쟁에 그려진 감정들이 살아난다

하지민 결국은 죽음과 상실
마지막 채색에 숨겨진 역사와 진실

삶의 아픔을 이겨 내고 계시로 피어난 강한 의지

그녀의 의지는 곧 신의 의지

잔 다르크

Jeanne d'Arc. 1412년 1월 6일~1431년 5월 30일. 백년 전쟁에서 활약한 프랑스의 수호성인이다. 오를레앙의 처녀(la Pucelle d'Orl ans)라고도 불린다. 프랑스를 구하라는 천사의 계시를 받았다며 1429년 샤를 7세를 찾아가 신뢰를 얻고 백년 전쟁에 참전하였다.

31. 아이작 뉴턴

하늘에 보이는 별빛, 또 다른 천재의 탄생
물리학의 가히 주인공
별들에 관한 해석이 없는 언어

무한한 우주의 비밀을 풀어낸 과학자의 굳은 맹세가 새롭다

무한한 호기심으로 뒤덮인 과학의 놀라운 세계에 대한
우리가 아는 천재의 속삭임

별빛 아래에 감춰진 숨겨진 이야기를 통해 듣는다

"난 진리를 찾아 다니는 꼬맹이였지만, 내가 찾은 건 고작해야
바다에서 조개껍질 한 줌을 주웠을 뿐, 결코 진리를 찾지 못했
다. 하지만 누군가가 진리를 찾아 바다에서 더 크고 더 많은 무엇
을 줍거나 발견할지 모른다. 그것이 뭔지 나도 모르지만 이 바다
에는 진리를 찾고자 하는 이들에게 넘치고 많은 무엇인가가 있기

때문이다."

별들이 우주에 대해 노래하듯

그는 순수한 사랑으로 하늘의 어둠을 밝혀 내고 있다

어둠 속에도 끝은 있듯,

빛의 문이 열리고 삶은 변화한다

아이작 뉴턴

Isaac Newton. 1643년 1월 4일~1727년 3월 31일. 잉글랜드의 수학자, 물리학자, 천문학자이다. 1687년 발간된 《자연철학의 수학적 원리》는 고전역학과 만유인력의 기본 바탕을 제시하며, 과학사에서 영향력 있는 저서 중의 하나로 꼽힌다.

32. 찰스 존 허펌 디킨스

단편과 장편의 마술사
언어의 갇힌 마술사
그는 언어의 향연을 통해 인간의 이야기를 풀어낸다

펜을 이리저리 휘두르며 그려 낸 이야기
글쓰기의 마법으로 온통 세계를 만들어 낸다

펜을 내리고 마주친 현실,
언제나 그 속에 묻힌 깊은 감정을 찾아낸다
드디어 얼음이 녹고 눈물이 흐르기 시작한다

글로부터 빛을 찾아,
그는 자유로운 언어로 세상을 물들인다

자아를 찾아가는 그의 소중하고 깊은 여정,
펜은 다시 흐름을 찾아낸다

비극과 희망이 서로 소통하는 곳, 그곳은 인생

"인생은 가까이서 보면 비극이지만, 멀리서 보면 하나의 희극이다."

찰스 존 허펌 디킨스

1812년 2월 7일~1870년 6월 9일. 영국인 작가이자 사회 비평가이다. 그는 세계에 가장 널리 알려진 소설 속의 인물을 만들어냈고, 빅토리아 시대를 대표하는 영국의 소설가이다.

33. 이마누엘 칸트

이해하기 어려운 문장의 난간

마치 처음 가 본 낯선 도시로의 큰 모험

그가 변화를 시도하면 온 세상이 뒤집힌다

이성을 흔드는 변칙적인 명제와

순수이성 비판

고귀한 별빛처럼 빛나는 그의 이성

몽환적인 이상과 현실의 맞닿음

"모든 인간은 논리적이고 이성적인 존재로서, 동등한 존재로서
존중받을 권리가 있다."

떠오르는 감성이 흐르는 철학의 강물로 빠진다

세계를 넘어선 순수 이성의 비경

세상은 더 넓어지고,
인간은 기필코 새로운 길을 찾는다

그는 항해사이지만 느리게 걸어야 한다

이마누엘 칸트

Immanuel Kant. 1724년 4월 22일~1804년 2월 12일. 근대 계몽주의를 정
점에 올려 놓았고 독일 관념철학의 기반을 확립한 프로이센의 철학자이다. 칸
트는 21세기의 철학에까지 영향을 준 새롭고도 폭 넓은 철학적 관점을 창조
했다.

34. 마르틴 루터

하나님과의 교감을 통한 구원

"하나님은 복음을 성경에만 기록해 놓지 않으셨다.
나무와 꽃들 그리고 구름과 별들에도 기록해 놓으셨다."

용기 내어 눈물로 쓴 신앙의 시편
나약한 인간의 용기는 끝이 없다

심판과 갈등 속에서 무거운 죄를 쓰고
흑역사를 쓴 종교 개혁가
선악의 싸움에 구원에 찬 노래를 힘차게 불러 본다

인간의 용기, 구원을 향한 열망
누구나 그렇듯이 천국의 나라를 꿈꾸며 노래한다

미래를 항한 예언과
그와 다른 현실이 교차하는 그 순간

자아를 찾아 교회의 문을 연다

마지막에 변화의 빛을 안겨 주길 기대하며
기도는 용기와 희망으로 기록된다

신은 과연 존재하는 것인가?

신이 과연 면죄부의 가격을 알고 계실까?

마르틴 루터

1483년 11월 10일~1546년 2월 18일. 독일의 종교개혁가이다. 당시 비텐베르크 대학교의 교수였으며, 훗날 종교개혁을 일으킨 인물이다.

35. 에이브러햄 링컨

전쟁의 불안에 감싸인 커다란 대륙의 역사
분열된 땅,
고뇌의 시대
캄캄한 밤,
불빛이 없는 방
억울한 세상,
분노의 대륙
총탄의 냄새

높이 솟아오른 그 빛,
자유로운 세상을 향한 그의 꿈이 드디어 빛난다

그의 마음에 담긴 고민
그의 가슴엔 희망의 작은 등불
그의 언어는 평화로 분노와 증오를 이긴 힘
그의 눈가엔 눈물의 반짝임

"진실은 보통 모함에 맞서는 최고의 해명이다."

고요한 밤에도 빛나는 커다란 자유의 꿈

그는 전쟁을 시작한다

에이브러햄 링컨

1809년 2월 12일~1865년 4월 15일. 미국의 제16대 대통령이다. 그는 남북
전쟁이라는 거대한 내부적 위기 시기에 나라를 이끌어 연방을 보존하였고 노
예제를 폐지했다.

36. 빈센트 빌럼 반 고흐

예사롭지 않은 예술가의 고통,
꽃과 색채로 그려 낸 절대적 비극의 투혼이 눈물겹다

광야 속 어둠,
미술로 외면한 세상의 고독이 보여진다

지독한 상상,
바람에 흩날린 꽃잎, 실재의 아름다움은 없을지도 모른다

하늘의 꽃, 별들의 축제
그림 속 세계에 빠져든 햇살이 여전히 차갑다

별빛에 춤추는 밤,
사람들의 기분을 담은 그의 손길이 이제는 거칠다

어딘가 슬픈 그림자,

그가 우주의 비밀을 들려준다

단 하나 오직 그만이 아는 진실
"나는 색채의 위치를 정하는 것에 있어서 자연으로부터 일련의
순서와 정확성을 받아들인다."

자신이 자른 그의 귀를 오늘도 보고 있다

빈센트 빌럼 반 고흐

Vincent Willem van Gogh. 1853년 3월 30일~1890년 7월 29일. 네덜란드
의 화가로서 일반적으로 서양 미술사상 가장 위대한 화가 중 한 사람으로 여
겨진다. 1890년 7월 29일, 고흐는 정신병으로 인한 자살로 숨을 거두었다.

37. 알렉산더 3세 메가스

형언할 수 없는 늠름한 황금빛 영웅의 미소
또 시작되는 끝없는 모험의 길
상대를 압도하는 날카로운 눈빛은 세계를 가로지른다

칼날로 가득 찬 전쟁터의 축제
황무지에서 시작된 영광의 정복

눈엔 자비 따위는 도통 보이지 않는다
자비를 베풀 마음조차 없다

폭군의 고요한 내심,
한없이 펼쳐진 그의 용맹한 이야기

어쩌면 그도 인생 나그네의 발자취

"불가능은 없다."

나라를 지배하는 무시무시한 왕의 얼굴이지만

숱한 공로와 전쟁의 영광 속에

모습은 참혹하다

알렉산더 3세 메가스

기원전 356년 7월 20일~기원전 323년 6월 10일. 고대 그리스 북부의 왕국 마케도니아 왕국의 아르게아다이 왕조 제26대 군주이다. 아리스토텔레스의 제자였으며 알렉산드로스 대왕, 이름을 영어식으로 읽은 알렉산더 대왕으로도 알려져 있다.

38. 프리드리히 빌헬름 니체

자유의 날개로 떠도는 죽음을 향해,
열린 하늘로 날아가는 의지

마음 속엔 꺼지지 않는 불타는 열정이 있고
고요한 산장에서 떠도는 그림자로 비춰진다

그만의 우울의 바다에 떠 있는 얼굴을 하고
열린 책과 닫힌 마음이 절대적으로 공존한다

그림자의 허물,
죽음의 손길

내면의 망상,
삶의 암울

그의 마음에 울리는 고독의 노래

"겉모습이란 진실인 척하는 것이다."

자유의 꿈, 착각의 환상

부정적인 모멸을 거치고,

그의 삶은 산자락에서 흩날리는 반전만이 존재한다

어려운 그의 삶이다

프리드리히 빌헬름 니체

Friedrich Wilhelm Nietzsche. 1844년 10월 15일~1900년 8월 25일. 독일
의 철학자이다. 서구의 전통을 깨고 새로운 가치를 세우고자 했기 때문에 '망
치를 든 철학자'라는 별명이 있다.

39. 모한다스 카람찬드 간디

처참히 쓰러진 인도, 폭력의 작은 속삭임
하지만 거부할 수 없다
그는 옅은 미소와 답변의 속삭임으로 대답한다

땅 흔들리던 인도,
정지된 심장
반전은 시작된다

사랑의 힘으로 감싸인 수많은 이야기들
부패 속에 가려진 고독한 행진

기필코 부정적인 세상을 뛰어넘는다
아니, 뛰어넘고자 한다

"죄를 미워하되, 죄인은 사랑하라."라는
평화의 전도사

지치지 않는 꿈
그는 무엇을 꿈꾸는가?

마침내 빛나는 인도

모한다스 카람찬드 간디
1869년 10월 2일~1948년 1월 30일. 인도의 정신적·정치적 지도자로, 마하트
마 간디(Mahatma Gandhi)라는 이름으로 '마하트마'는 위대한 영혼이라는
뜻으로 인도의 시인인 타고르가 지어 준 이름이다.

40. 마오쩌둥

전국 산야에 피어난 붉은 꽃
그 붉은 꽃의 꽃잎이 피어나면서
헤아릴 수 없는
불필요한 고통의 역사가 당연시 펼쳐진다

화려하고 시끄러운 붉은 혁명의 색채로
그린 그림 속에는
붉은 물감으로 마오의 얼굴을 그려 넣고
마지막 남은 이성이 없는 감성의 씨앗을 심으며
자신만의 세계에서
풍요와 축제를 기획한다

권력의 중심에 서서
인민을 눌러 붙이던 남자

가난한 축제의 끝에 다가가면,

깨닫게 되는 것

"인민은 역사의 주인이다."
남은 빈 잔의 메아리로만 남는다

남은 고량주의 향만 방 안에 가득하다

마오쩌둥

1893년 12월 26일~1976년 9월 9일. 중화인민공화국의 혁명가, 정치인이다.
초대 중국 공산당 중앙위원회 주석을 지냈다. 1976년에 일련의 심장 마비를
겪었고, 82세의 나이로 사망했다.

41. 토머스 앨바 에디슨

모두의 어둠 속에서 세상의 불빛을 찾아낸 발명왕

하늘의 별빛은 그의 마음을 사로잡았고
그의 실패는 단순한 결점이 아니라,
새로운 세계를 꿈꾸는
열정의 반증이었다

불을 켜고 꺼지는 신비한 세계에서
새로운 꿈을 키워 냈고
어떤 밤은,
그의 마음에 새로운 꽃이 핀다

"우리는 그 어떤 것에 대해서 1억 분의 1도 모른다."

하루하루 노랫가락처럼 흘러간 시간
어둠의 깊은 곳에서 비롯된 빛이 시작된다

그의 눈은 지친 세상을 환하게 밝히고,
불빛의 미래를 예견한다

그가 밝힌 불빛은 여전히 세상 속에 있다

토머스 앨바 에디슨

1847년 2월 11일~1931년 10월 18일. 미국의 발명가 및 사업가이다. 세계에서 가장 많은 발명을 남긴 사람으로 1,093개의 미국 특허가 에디슨의 이름으로 등록되어 있다. 토머스 에디슨은 후에 제너럴 일렉트릭(GE)을 건립하였다.

42. 도요토미 히데요시

바다에 물든 황폐한 섬나라 영웅
육지를 향한 그의 놀라운 욕망이 숨쉰다
그의 날카로운 칼날은 차라리 축제이다

정비 안 된 거리의 낭인들과
혼란스럽고 기분 나쁜 냄새,
도시를 지배한 황량한 그림자들이 떠돌아다니고 있다

피로 물든 그의 칼날은 고뇌와 죄악의 화신인가
꽃잎처럼 떨어지는 철가루

그에게서 뿜어져 나온 검은 연기는 무엇이던가

흉악한 흔적을 남긴 그림자
도시는 무너진 꿈의 모래성
삶의 의미는 언제나 변할 수 있음을 알려 준다

"한 걸음 한 걸음, 꾸준히 쌓아 가면, 예상 이상의 결과가 얻어진다."

그의 세계는 형체 없는 꿈이 아니었나

도요토미 히데요시

1537년 3월 17일~1598년 9월 18일. 센고쿠 시대부터 아즈치모모야마 시대에 활약했던 무장, 다이묘이다. 오다 노부나가, 도쿠가와 이에야스와 함께 전국 3영걸로 불린다. 또한 임진왜란을 일으킨 장본인이기도 하다.

43. 살바도르 도밍고 펠리페 하신토 달리 이 도메네크

녹아내리는 풍부한 색채의 대표자,
그의 시간 속에 빠져든다

이내 비현실적인 세계와 그의 수염 속으로 안내 받는다
그의 눈은 물감으로 여전히 가득 물들여진다

예술은 삶의 본질을 발견하는 여정
"나의 꿈은, 내가 되는 것이다."

어둠의 그림자, 그의 난폭한 춤사위
색채의 난쟁이, 이색적인 형상의 창조자

고통과 혼란이 자주 흘러나오는 미술의 주자이기에
변형된 현실은 곧 예술의 새로운 형태로 태어난다

그는 결국 빛을 찾아내는 예술가

그러나 그것이 그의 정점이다

작품은 그의 삶과 마주한 순간을 담고 있다

그의 기이한 삶의 연주자이다

살바도르 도밍고 펠리페 하신토 달리 이 도메네크

1904년 5월 11일~1989년 1월 23일. 스페인의 초현실주의 화가이자 판화가, 영화제작가이다. 미국으로 건너가 정통적 초현실주의를 탈피한 후에는 가극·발레의 의상 등 장식 예술 분야에서 활약하였다.

44. 마릴린 먼로

주목받고 빛나는,
무대 위 너무나 눈부신 스타
새하얀 드레스가 음악에 맞춰 춤추는 밤

감당 못 할 삶의 무게를 견뎌 내는 세계를 흔드는 미소
화려한 플래쉬 뒤 감춰진 구겨진 삶의 비밀까지

그림자에 철저히 감춰진 스타
무대 뒤 그림자에 감춰진 아픔은 누구의 탓인가

눈부신 미소 속에 갇혀 버린 눈물이 아련하다

이용당한 마음엔 남 모르는 깊은 흔적들뿐
"개는 나를 물지 않는다. 사람이 나를 문다."

눈부신 성공의 그림자에 철저히 가려진 닫힌 실패

스크린 속에서 흔들리는 알 수 없는
불안한 몸짓은 이유가 있다

높이 솟아오른 불빛 속
그 조명 속에 갇힌 여인의 약물과 외마디 비명

그 외마디 비명을 들어 줄 리 없는 이들뿐
진정 가녀린 화려한 미소의 여인

마릴린 먼로

1926년 6월 1일~1962년 8월 5일. 미국의 배우, 모델, 가수로 본명은 노마 진
모턴슨(Norma Jeane Mortenson)이다. "금발 미녀"라는 콘셉트를 잡은 것
으로 유명하며, 1950년대와 1960년대초 여러 영화에 출연하며 섹스 심벌의
상징이 되었다. 36세의 젊은 나이에 사망하였으며, 사인은 수면제 과다 복용
으로 발표되었다.

45. 아르투어 쇼펜하우어

그가 만든 감정의 우울한 철학의 파도
우리를 온통 휘감는다
세상에 묻힌 삶의 아픔의 무게

자연의 의지 속에서 우리는 우리를 발견하지만 알아채지 못한다
마음 속에 피어나는 감성의 꽃만 존재

그의 쓸쓸한 의심과 냉소에 우리를 여전히 몰아 넣는다
고뇌와 고난이 섞인 욕설

"모든 불행의 시작은 남과 비교하는 것에서 시작된다."

그의 이야기를 들은 우리의 마음은 새로운 어두운 세계로 향한다
세상은 비극의 무대라는 것

그럼에도 불굴의 의지를 가진 슬기로운 전진,

감성의 해변을 걷는다
반전의 감동

어둠 속에 스미는 철학의 여정,
그의 세계로 우리를 초대한다

우리는 곧잘 따라간다

아르투어 쇼펜하우어

1788년 2월 22일~1860년 9월 21일. 독일의 철학자다. 자신이 칸트의 사상을 비판적으로 받아들였으며 칸트의 사상을 올바르게 계승했다고 확신했다. 서양철학과 동양철학간의 유사성을 말한 철학자이자 자신이 무신론자임을 노골적으로 표명한 독창적인 철학자로 손꼽힌다.

46. 투탕카멘

이집트의 전설적인 어린 황금 군주
더 높은 태양이 뜨고 뜨거운 사막을 비추는,
그의 궁전, 황금으로 온통 물든다

태양 속에 갇힌 죽음의 예감

그러나 그는 여전히 젊고 슬프다

피라미드의 문을 열어 흐르는 불길과 저주
아무도 오지 못하는 영원한 신비의 공간

죽음의 문 뒤에 숨겨진 진리를 마주한다
하지만 투탕카멘은 손님을 그리워한다

무섭도록 맹렬한 바람이 사막을 휩쓸며
무덤의 문은 열리고, 불길이 타오르고

그는 영원한 고요를 예고한다

그러나 무덤의 문이 열리면서 그는 서러워한다
젊은 그는, 아직도 청춘이다

투탕카멘

Tutankhamun. 기원전 1342년~기원전 1323년. 이집트 제18왕조의 파라오
이다. 아크나톤의 아들로, 출생시의 이름은 투탕카텐(아텐의 살아 있는 이미
지)이었다. 투탕카멘의 무덤은 1922년에 처음으로 발견되었다.

47. 안토니 가우디 이 코르네트

바르셀로나 거리에 우뚝 선 성당,
감히 누구도 따라오지 못할 독창성의 결정체
색과 모양이 스스로 노래하는 건축가의 품격에 고개가 숙여진다

색과 형이 춤추는 마지막 순간,
반짝이는 건축의 신비
성가족성당이 온 세계에 불을 밝힌다

창조의 불길은 그의 손에서,
색채로 가득한 도시에서도 유독 빛난다

그의 삶이 우리에게 전하는 이야기는 무엇일까?
"신은 서두르지 않는다."

그림자 속에 묻힌 끝없는 절대적 희망,
아키텍처의 대가

토착과 혁신이 만나는 작품의 큰 파도

신은 이런 성당을 왜 원했을까?

안토니 가우디 이 코르네트

1852년 6월 25일~1926년 6월 10일. 스페인 카탈루냐 지역의 건축가이다. 구엘저택과 밀라주택, 성가족성당은 각 시기를 대표하는 작품으로 꼽을 수 있으며, 바르셀로나에 있는 성가족성당은 아직도 건축 중이다.

48. 제임스 바이런 딘

불평한 바람에 물든 자유로운 날갯짓

도저히 무게를 감당 못 하는 젊은 날의 방황과
작은 죄악의 태양 아래
그의 그림자 속엔 불확실성이 담겨 있다

왜 그런지 모를 무모한 모험을 꿈꾸는 영혼

바이크의 험한 울림에 푹 빠진 젊은 날
고난의 골목을 향해 새로운 시작이 기다린다

그는 그 골목 끝까지 뛰어갈 모양이다

삶의 교훈을 품은 그 순간
"영원히 살 것처럼 꿈꾸고 오늘 죽을 것처럼 살아라."

이상적인 불행과 행복한 안식의 교감

길을 떠난 영혼이 피할 수 없는 삶이었던가

낡은 트럭에 싣고 달려가는 방황하는 자유

제임스 바이런 딘

1931년 2월 8일~1955년 9월 30일. 미국의 배우이다. 그는 영화 《이유없는 반항》에서 '짐 스타크'역을 맡은 이래 청소년기의 환멸과 소외를 묘사하는 문화적 상징으로 자리잡았다. 1955년 9월 30일 교통사고로 사망하였으며, 그 해 《에덴의 동쪽》으로 아카데미상 최초로 사후에 남우주연상을 수상했다.

49. 넬슨 롤리랄라 만델라

검은 굴레 속의 자유를 꿈꾸던 고귀한 영혼
분열된 이 커다란 땅

도저히 즐겁지 않은 이 커다란 땅
평등이 서툰 이 커다란 땅

가죽 채찍 속에 젖은 오랜 시간 우리의 피
죄와 편견을 헤치며 걸어간다

마냥 걸어가고자 한다

하지만 그는 오늘도 이야기한다
"매번 넘어져도 매번 다시 일어나라."

덥고 눈부신 대륙의 햇살 아래 더 뜨겁고 악한 억압
탐욕과 복수가 세상을 감싸고

그 어둠의 그림자가 덮치는 이 커다란 땅
그럼에도 그의 길은 이대로 이어진다

투쟁의 나팔,
자유의 노래
평등의 이름으로

얼마나 많은 피를 흘렸나?

넬슨 롤리랄라 만델라
1918년 7월 18일~2013년 12월 5일. 남아프리카 공화국에서 평등선거 실시
후 뽑힌 세계 최초의 흑인 대통령이었다. 대통령으로 당선되기 전에 그는 반
아파르트헤이트운동 즉, 남아공 옛 백인 정권의 인종차별에 맞선 투쟁을 지도
했다.

50. 존 윈스턴 오노 레논

그토록 유명세의 무게와 꿈꾸는 이상에 무너진 자
사랑과 자유의 꿈을 향한 조용한 바람 소리를 일으키고
평화를 외치던 입에서 나온 노래들

순조로운 평화의 운명,
푸른 하늘에 흩날리는 구름
비틀즈의 목소리가 전 세계에 울려 퍼진다

모든 이들이 따라 부르고 그리고 더 부른다

사랑과 평화를 꿈꾸던 그가,
왜 총탄에 맞아 떨어진 것인가?

상처 입은 사가 가르쳐 준,
평화를 찾아가는 길
"평화롭게 살고 있는 모든 사람들을 상상해 보세요.

나는 꿈꾸는 사람이라고 할 수 있겠지만, 나만 그런 사람은 아닙니다."

결국 음악의 마법으로 세상을 물들인다
결국 음악의 마법으로 평화를 꿈꾼다

존 윈스턴 오노 레논

1940년 10월 9일~1980년 12월 8일. 영국의 싱어송라이터, 평화 운동가이다. 비틀즈의 결성, 창립자, 공동 작곡 작사가, 공동가수, 리듬기타리스트, 사회 운동가로서 전세계적으로 이름을 떨쳤다.

51. 미켈란젤로 디로도비코 부오나로티 시모니

이제는 천재의 손에 갇힌 대리석 속에 영혼을 담는다
피렌체의 찬란한 햇살이 비추는 축복의 작업실

시간과 공간을 뛰어넘은 놀라운 천재
하늘의 별들이 작품을 어루만지고 완성시켜 준다

거대한 대리석 덩어리에 감춰진 모습
거대한 대리석 덩어리에 감춰진 진실

육체의 욕망에 사로잡힌 남자

그 속에서 만들어진 풍부한 예술과 신앙
현실의 감옥에서 신이 내려 준 자유를 기필코 찾는다

하나뿐인 존재의 무한한 사랑
그는 세상에게 외친다

"인생은 짧고 예술은 길다."

그의 예술은 새로운 출발을 알린다

그의 예술은 신에 대한 축복이다

미켈란젤로 디 로도비코 부오나로티 시모니

1475년 3월 6일~1564년 2월 18일. 이탈리아의 조각가, 화가, 건축가, 시인이다. 르네상스 시기를 대표하는 거장으로, 수많은 걸작을 남긴 위대한 예술가로 손꼽힌다. 그의 작품은 인생의 고뇌, 사회의 부정과 대결한 분노, 신앙을 미적으로 잘 조화시킨 것으로 평가된다.

52. 볼프강 아마데우스 모차르트

우아한 음악의 황제

그의 눈동자

그의 음악

그의 미소

속박과 자유로움의 갈등이 어우러진 소나타가 결정체다

우아한 음악의 장인

마법 같은 손길로 푸른 하늘에

음표로 가득한 별빛을 수없이 뿌린다

피아노 건반 사이로 느껴지는,

감미로운 선율의 여운

"지금도 거의 진입하지 못한 이 음악의 세계는 현실이며 불멸이다."

하지만 그의 손끝에서 태어난 음악은,

언제나 감성의 정원에서 꽃피우고 있다

언제나 감성의 정원에서 빛나고 있다

갑자기 우리에게 미소를 띄운다

그의 음악은 영원한 삶을 만나고 있다

볼프강 아마데우스 모차르트

1756년 1월 27일~1791년 12월 5일. 오스트리아의 서양 고전 음악 작곡가이다. 그는 음악 역사상 가장 위대한 작곡가 중 한 명으로 여겨지며 35년이라는 짧은 생애 동안 수많은 교향곡, 오페라, 협주곡, 소나타를 작곡하였다. 모차르트는 "음악의 신동"이라는 별칭으로 불리며 널리 존경받고 있다.

53. 진 시황제

의심 많은 무자비한 황제의 이름,
식지 않는 폭군의 향연

그의 이름과 함께 퍼지는 죽음의 그림자,
영원히 살고자 하는 인간성을 향한 풍경

그림에 그려진 칠흑의 황제
어둠 속 깊숙한 곳,
쉼 없는 군주의 무거운 욕망

무자비함의 강철처럼 단단한 외투
황제의 눈에 가려진 삶에 대한 진실

가신 것만큼 잃는 존재
그 속에서 흐르는 아련하고 처절한 감정
빛바랜 왕관에 비친 그의 미소,

영원한 외로움을 달래 주는 차디찬 눈빛

죽음이 기다리는 제국의 중심,
그곳에서 비로소 찾아온 욕망의 종말이 온다

하지만 그는 무덤 속에서도 산다

진 시황제

기원전 259년 1월~기원전 210년 음력 6월 14일. 전국 칠웅 진나라의 제31대
왕이자 제1대 황제로, 세계 최초의 황제이다. 성은 영( ), 씨는 조(趙)·진(秦),
이름은 정(政)이다.

54. 에르네스토 "체" 게바라

고요한 피아노의 잔잔한 멜로디,
푸르고 격한 젊음의 꿈을 안고 떠난
낡은 오토바이 주인

그림자 속 청춘,
빛나던 별의 나그네

긴 여행을 통한 현실과 이상의 차이,
하지만 끝까지 따뜻한 미소를 감춘 얼굴

삶의 무게를 메고 흘린 땀방울은
별빛처럼 반짝이는 그의 눈동자와 함께
혁명의 화신이 되어 간다

"나는 해방가가 아니다. '해방가'란 존재하지 않는다. 민중은 스스로를 해방시킨다."

시가를 문 투쟁가,
혼란의 해방의 공허함을 감춰 줄 영웅

언젠가 불의 섬광이 그의 얼굴을 비추었다
자유를 꿈꾸던 그의 눈에는 무엇이 비쳤을까?

그의 마지막 눈에는 알레이다와 셀리아가 보이지 않았을까?

에르네스토 "체" 게바라

1928년 6월 14일~1967년 10월 9일. 아르헨티나 출신의 마르크스-레닌주의 혁명가이다. 의사로 성장한 그는 쿠바의 게릴라 지도자가 되었고 쿠바 혁명 이후 정치가, 외교관으로 활동하였다. 1967년 10월 9일 미국이 가세한 볼리비아 정부군에게 잡혀 총살당했다.

55. 테레사 수녀

너무나 고결한 영혼과 소망
캘커타 빈곤한 거리의 바람에도
흔들리지 않는 작은 꽃

사랑으로 물들여진 온화한 미소
그 누구도 흉내내지 못하는 포근함

가난한 이들에게 찾아온 영원한 봄
약하고 힘든 자들에게 준 가없는 사랑

"백 사람을 먹일 수 없다면 한 사람이라도 먹여라."
세상 사람들의 마음속 깊은 곳의 큰 울림

신한 천사
작은 이들의 어머니

죽어 가는 사람들의 집과 순결한 마음의 장소

세상을 비추는 눈빛과 손길이 되소서

테레사 수녀

Mother Teresa. 1910년 8월 26일~1997년 9월 5일. 주로 인도에서 활동한
로마 가톨릭교회의 수녀다. 1950년 이후 45년간 사랑의 선교회를 통해 빈민
과 병자, 고아, 그리고 죽어 가는 이들을 위해 헌신하였다. 2016년 9월 5일
성인으로 시성되었다.

56. 존 피츠제럴드 케네디

굳게 지어진 하얀 지붕 속의 남자,

최고의 권력이지만 알 수 없는 속박과 비밀

그럼에도 세상을 휘두른 자

세상을 환히 비추던 남자

매혹적인 미소, 지긋한 눈빛과 강한 연설

그러나 그림자는 때로는 어둡고 차갑게 느닷없이 온다

아니다, 예정대로 온다

그만의 오만한 미소와 수많은 카메라 속에 살던 남자

지금은 묻힌 과거의 환희와 거역할 수 없는 슬픔

우리는 알지 못하는 숨겨진 역사와 비밀스런 감정들

남긴 교훈은 권력과 책임

"우리가 아니면 누가? 지금이 아니면 언제?"

욕망과 합쳐진 그를 어떻게 기억하나?
어둠은 얼마나 깊게, 누구에게 가려져 있는가?

오스왈드와 함께 사라진 미국의 가장 큰 음모론은 누구에게 물어야 하나

존 피츠제럴드 케네디

1917년 5월 29일~1963년 11월 22일. 미국의 제35대 대통령이다. 1960년에 대통령에 당선되었다. 1963년 11월 22일 케네디는 부인 재클린 부비에르와 존슨 부통령 부부와 함께 댈러스에 내려왔는데 리무진에 타고 있던 중 리 하비 오스월드에게 암살당하고 말았다.

57. 갈릴레오 갈릴레이

환한 빛이 그의 눈에 비친 순간,

그는 자그마한 목소리로 자신에게 이야기한다

"그래도 지구는 돈다."

별빛이 살며시 내리면서

확신으로 우주의 비밀을 풀어 나간다

별들의 노래가 흐르며

그에겐 무한한 우주의 아름다움이 보인다

지식의 빛으로 가득 차야 할 세계에서

어둠과 종교의 그림자가 결국 그를 두텁게 휘감는다

진리를 말하는 대가는 위대한 죽음뿐

그러나 그것은 동시에 용기의 노래

어깨에 비치는 달콤한 우주의 빛을 노래하리라

수많은 별들이 속삭이는 우주의 비밀
묵묵히 참아 온 고뇌를 노래에 담아 본다

힘차게 불러 본다

갈릴레오 갈릴레이

1564년 2월 15일~1642년 1월 8일. 이탈리아의 철학자, 과학자, 물리학자, 천문학자이다. 아리스토텔레스의 이론을 반박했고 교황청을 비롯한 종교계와 대립했다. 코페르니쿠스의 이론을 옹호하여 태양계의 중심이 지구가 아니라 태양임을 믿었다.

58. 알프레드 베른하르드 노벨

거친 폭발과 번개처럼 번쩍이는 다이너마이트

과학의 거장,
남아 있는 인류에게는 은총

감춰 왔던 화학의 비밀을 풀어내는 뇌와 손에 의해
새로운 세계의 문이 꽃봉오리처럼 열린다

이 세상에 남긴 유산
하지만 독특한 유산

다름을 거부한 선택
유산 안에는 강한 어둠과 확실한 빛이 공존한다

**"인류가 평화로운 목표를 성취하기 위해 지식과 지혜를 사용하길
바랍니다."**

다이너마이트가 터지는 순간,

노벨의 평화는 향연에서 노래를 부르면서 벗어난다

하지만 그는 평화의 책임자

의미 있는 유산

알프레드 베른하르드 노벨

Alfred Bernhard Nobel. 1833년 10월 21일~1896년 12월 10일. 스웨덴의 과학자, 산업가이다. 그는 고체 폭탄인 다이너마이트를 발명했다. 그의 유언에 따라 노벨상이 제정되었다.

59. 아르키메데스

저 멀리 시라큐사의 수학 천재
천문학자 아버지 피디아스의 자랑스러운 아들

한 손에는 나선 모양의 돌멩이,
다른 한 손에는 황금의 수학의식

모든 것은 수학의 세계에서 풀리게 되어 있다

눈앞에 펼쳐진 무한한 세계,
수학과 물리의 경계를 뛰어넘는 경이로운 영감

고독한 자만과 지독한 오만이 어울린 황금의 왕관
어두운 해역, 수수께끼로 가득한 바다
옳고 그름의 경계를 허무는 왕관

돌멩이처럼 무겁게 떨어진 눈물

수학과 물리의 영역에서 뽐낸 오만한 웃음,
섬에 울려 퍼진다
순수한 발견으로 가득 찬 감격의 눈물

두려움과 놀라움에 떨던 그 시간
그리고 높은 탑 위에서 외치던 목소리
"찾았다."

아르키메데스

기원전 287년 경~기원전 212년 경. 고대 그리스 시라쿠사 출신의 철학자, 수학자, 천문학자, 물리학자 겸 공학자이다. 고전 고대의 대표적인 과학자, 수학자로 손꼽히고 있다.

60. 마거릿 힐더 대처

처음에는 그랬듯이 그림자 속의 감춰진 여인,
눈부신 미소에 가려진 하지만 보이는 강인함
하얀 꽃의 얼굴이 되어 가는 그녀

지난날에 대한 간절한 기도와,
고요한 눈물의 흔적이 교묘하게 섞인 미소
고난의 땅에서 피어나는 꽃과 같다

삶의 교훈이 담긴 그 시간에,
쓸쓸한 미소는 강인함의 상징인가

**"군중에 휩쓸리지 말고 너의 길을 가라. 결국은 언제나 선이 악을
이길 것이다."**

어둠이 손을 뻗어 올릴 때,
드디어 온 세상에 그녀의 이야기가 펼쳐진다

썩어가던 도덕의 그림자를 벗어 던지고,

진실과 용기로 가득 찬 마음으로 새로운 시작을 해 본다

그 모든 것이

하나의 빛나는 꽃으로 피어난다

철의 여인으로 태어난다

마거릿 힐더 대처

1925년 10월 13일~2013년 4월 8일. 1979년부터 1990년까지 영국의 총리를
지낸 정치가이자, 영국 최초의 여성 보수당 당수이다. 20세기 영국 총리 중 가
장 긴 11년 7개월의 재임기간을 지낸 최장수 총리이다. 철의 여인(Iron Lady)
으로 유명하다.

61. 가이우스 율리우스 카이사르

세상에서 가장 큰 황금관을 쓴 남자
제국의 고뇌
제국의 주인
제국의 완성
제국의 모든 것

날카로운 칼날과 아름다운 꽃,
그 모순의 아름다운 제국을 품은 굳게 다문 입을 가진 남자

칼날은 강자의 상징이었으나,
그의 손에서는 살육의 날이 되어 휩쓴다
"주사위는 던져졌다."

꽃은 아름다움을 상징했지만,
그의 발 아래서는 시체의 죽은 꽃 향기만이 피어난다

용맹한 전사들이 봉사하였지만,

그들의 피는 남다른 탐욕에

스스로 점차 물들어 간다

제국을 향한 그의 지독한 사랑만이 남아 가파르게 숨 쉰다

가이우스 율리우스 카이사르

라틴어: Gaius Julius Caesar. 기원전 100년 7월 12일~기원전 44년 3월 15
일. 로마 공화국의 정치가, 장군, 작가이다. 그는 로마 공화국이 로마제국으
로 변화하는 데 중요한 역할을 하였다. 에우트로피우스에 따르면, 카이사르
를 암살하는데 60명 혹은 그 이상의 사람들이 가담하였다고 한다.

62. 사담 후세인

무자비한 폭력과
남다른 탐욕이 꿈틀대는 황폐한 사막

바그다드에서 멀지 않은 곳에서의 탄생

어느덧 자유와 인간성이
완벽하게 묻힌 황혼의 장막
흐릿한 역사의 장막 속에
감춰진 인간의 폭력

삶은 부정과 그야말로 어둠 자체

무덤에서 솟아나서 무덤으로 이어지는
새로운 고문들
끝없는 욕망에 물들지 않은 존재가 없을 정도다

그러나 끝없는 어둠 속에 비춰진 깨달음

"나는 사형당하는 것이 절대 두렵지 않다."

가려진 옛날 무서운 이야기

사담 후세인

1937년 4월 28일~2006년 12월 30일. 이라크의 정치인이다. 1979년 7월 16일
부터 2003년 4월 9일까지 이라크의 대통령을 지냈다. 그는 도망 다니다가 체
포되어 2006년 이라크 고등법원에서 시아파 학살 주동 등의 죄로 처형되었다.

63. 조지 워싱턴

머나먼 큰 대륙의 색다른 자유의 아버지

"모든 국가들을 향하여 건전한 믿음과 정의를 고수하라.
모든 것에서 평화와 조화를 꽃피워 내라."
굳건한 영혼으로 대업을 이끈 삶

돌이킬 수 없는 두 대륙 간의 역사의 운명,

자유를 위한 싸움의 결의로 가득하다
평등을 위한 싸움의 결의로 가득하다
기회를 위한 싸움의 결의로 가득하다

바다 건너 먼 지평을 바라봤지만
톱니바퀴처럼 돌던 노예의 쇠고랑

노예들은 왜 이곳에 있을까

그의 시선은 얼마나 멀리 미치려 했나?

불행한 자의 발자취를 따라가야 했나?

조지 워싱턴

1732년 2월 22일~1799년 12월 14일. 미국의 초대 대통령(1789년~1797년)
이다. 미국 독립 전쟁에서는 대륙군 총사령관으로 활동하였다. 처음에는 미국
의 국민들이 그를 국왕과 같은 군주로 인식하여 서로 거리감을 느꼈으나 점차
미국의 건국과 혁명 과정에서 주요한 역할을 수행하여 '미국 건국의 아버지'
라고 불릴 정도로 유명한 정치인이 되었다.

64. 엘리자베스 로즈먼드 테일러

누구보다 화려한 금빛 머릿결,
붉디 붉은 진홍빛 입술

눈부신 조명의 화려함 속에 피어난
장미꽃 향기 감도는 스크린 속 여제

아무나 견딜 수 없는 무거운 유명과
부를 품은 삶,
편안하고 달콤한 향수로는 감추기 어렵다

유명인의 부담과 너무나 눈부신 화려함
모든 이들의 소란스러운 관심 속에
감춰진 쓸쓸한 그림자가 보인다

하이힐의 높이를 따라 걷던 발걸음이 힘들어 보인다
언제나 찬란한 외모

어둠 속에서는 그러기에 더욱 고독해 보인다

"세월이 인내심을 길러 준다는 사실은 참으로 알 수 없는 일이다.
살 날이 줄어들수록 더 오래 기다릴 수 있게 되다니."

유명인의 그림자 속에 갇혀 있던,
그녀는 결국 빛을 향해 자신 있게 걸어 나간다

엘리자베스 로즈먼드 테일러
1932년 2월 27일~2011년 3월 23일. 영국과 미국의 국적을 가진 배우이다.
아역 배우로 시작해 성인기까지 원숙한 연기력과 관능적인 외모로 대중을 사
로잡았다. 엘리자베스 테일러의 보랏빛 눈동자는 그녀를 상징하는 특색으로
여겨지며 할리우드 황금기의 가장 위대한 영화스타로 손꼽히고 있다.

65. 에바 페론

오! 라틴의 정열의 여인,
남아메리카의 감성의 여인,

그러나 우리가 사랑했던 여인
탱고와 축구의 나라, 아르헨티나

삶은 우아한 풍경화이지만 애잔한 미소에 가려진 고달픈 이야기
아는 이만 아는 마음 깊은 곳에 간직한
아픔과 상실

여인의 미소 뒤에 감춰진 눈물의 흔적이 흔들린다
업적의 그림자 속에 묻힌 슬픔의 흔적이 자욱하다

슬픔의 노래,
눈물의 묘비명
"나를 위해 울지 말아요, 아르헨티나. 나는 그대를 떠나지 않아요."

노동자를 위해 굳세게 서 있는 모습
그녀의 이야기는 끝나지 않는다

마치 태양이 그린 풍경을 담아내듯
그녀의 존재는 빛과 그림자

에바 페론

스페인어: María Eva Duarte de Perón, 본명: 에바 마리아 이바르구렌(Eva María Ibarguren). 1919년 5월 7일~1952년 7월 26일. 아르헨티나의 대통령을 지낸 후안 페론의 두 번째 부인이다. 애칭인 에비타(Evita)로 불린다.

66. 공자

고요한 대나무 숲에 울려 퍼진 진실의 삶의 소리
지혜의 상징, 현실의 방랑자
현인 중의 현인

말과 글,
언어의 미로에 갇혔지만,
무엇보다 높은 곳을 바라보는 그윽한 눈빛

예로부터의 풍습에 맞춰져 사는 이
지난 시절을 이야기하지만
그의 말은 현실의 무게를 가르고자 한다

마음의 문을 열고 나아가는 자
한없이 퍼져 가는 방랑자의 발걸음과 소리
"허물이 있다면, 버리기를 두려워 말라."

모든 것이 불확실한 세상

무엇이든 의문케 하며

그 안에서 진리를 찾는다

공자

중국어: 孔子. 기원전 551년~기원전 479년. 유교의 시조(始祖)인 고대 중국 춘추시대의 정치가, 사상가, 교육자이고, 노나라의 문신이자 작가이면서, 시인이기도 하였다.

67. 안젤라 이사도라 덩컨

높은 그림자와 빛이 춤추는 곳에
그녀의 발끝이 머무른다

그녀의 감성은 현대적 춤의 향연
창작무용의 절대자

세상 보는 이의 가슴 깊숙이 파고든
춤의 속삭임과 대화

춤의 표면에 각인된 감정이
여지없이 우리를 사로잡는다

알 수 없는 그녀의 마음
그릴수록 더 신비하고 마법적인 춤
그럴수록 더 자유로운 자기 표현의 춤
언제부터인가 춤 속에서 흘러나오는 미소와 슬픔,

숨겨진 의미와 반전,

끊임없는 탐험

"경험해 보지 않은 것은 읽어서도 알 수 없다."

그녀의 춤에서 모두들 다시 태어난다

안젤라 이사도라 덩컨

1877년 5월 26일 혹은 1878년 5월 27일~1927년 9월 14일. 미국의 무용수
이다. '자유 무용'을 창시하여 현대 무용의 어머니로 불리기도 한다. '덩커니
즘(Duncanism)'이란 신조어도 생겼다. 1927년 프랑스 니스에서 목에 매던
스카프가 자동차 뒷바퀴에 걸쳐 질식사로 숨졌다.

68. 세예드 루홀라 무사비 호메이니

뜨거운 사막의 길잡이

마음의 변화와 들리지 않는 양심의 소리

그리고 의미와 반전이 깃든 새로운 시작

포장된 언어와 함께 칼날에 맞서고,

끝없는 투쟁의 수수께끼에 빠져든다

빠져나올 생각이 아예 없다

삶의 의미를 찾아 새로운 햇살을 품는 여정

"죽음은 삶의 일부이다. 그리고 그것은 두려워할 것이 아니라, 받아들여야 할 것이다."

삶을 급작스럽게 돌아본다

끊임없는 투쟁의 어둠에 묻힌 삶

후회는 없으리오

거친 사막의 바람에 날리는 머리카락에는

언제까지나 죄와 벌의 역사가 새겨져 있다

누가 판단하랴?

세예드 루홀라 무사비 호메이니

1902년 9월 24일~1989년 6월 3일. 이란의 시아파 정치 지도자 겸 종교 지도
자이다. 1963년 '샤 팔라비' 국왕의 이슬람 성원의 토지, 재산 몰수와 여성 참
정권 허용 정책에 반대하여 망명했다가 1979년 1월 16일 샤 국왕의 퇴위 후,
2월 1일에 귀국하여 죽을 때까지 이란의 최고지도자로 군림하였다.

69. 에드거 앨런 포

꼿꼿하게 마비된 시선,
피할 수 없는 끝없는 창작의 고통
그 안에서 찾는 것은 무엇인가?

순수 문학을 향한 혼이 떠나는 노래
죽음을 맞이하려는 그 마음의 울림이 느껴진다

반쯤 무너진 거울 속에 비친 얼굴
이 어둠의 터널 끝엔 무엇이 기다리나?
"내 스스로 확신한다면 나는 남의 확신을 구하지 않는다."

너무나 그리운 창작의 향수
그의 눈동자는 어둠 속을 계속해서 바라본다
어둠의 날개를 펼치고 날아가는,
그의 영혼은 새로운 문학 세계로 나아간다

그의 시는,

영원히 감성의 동산에 남는다

나의 영원한 갈가마귀, Evermore

에드거 앨런 포

1809년 1월 19일~1849년 10월 7일. 미국의 작가·시인·편집자·문학평론가이다. 미국 낭만주의의 거두이자 미국 문학사 전체적으로 매우 중요하게 취급되는 작가이다. 미국 단편 소설의 선구자이기도 하다. 추리소설이라는 장르를 최초로 만들어 냈다고 평가받는다.

70. 데즈카 오사무

감춰진 이야기의 오사카 주인공
저편의 하늘에 닿을 듯 빛나는 이야기의 꽃
일본 만화의 아버지

아톰의 강한 마음이 뛰는 소리,
시간을 담은 슬로우 모션
악을 무찌르는 강한 아톰의 주먹과 착한 심성

끝없는 로보트의 이야기들,
마지막에 인생의 통찰력을 통한
반전의 문이 곧 열린다

무한한 우주에 흩어진 감성의 별
깊싱은 반전의 꽃으로
아이들 세계에서 활짝 피어난다

어른들의 동심은
감동의 빛으로 빛나는 애니메이션으로 태어난다

"내가 만화를 그리는 이유는, 세상이 조금 더 나아지기를 바라기 때문이다."

데즈카 오사무

1928년 11월 3일~1989년 2월 9일. 일본의 만화가이다. 애니메이션 제작자이자, 오사카 대학을 졸업한 의사이기도 하다. 《우주소년 아톰》과 《밀림의 왕자 레오》의 작가로 알려졌다. "일본 만화의 아버지", "일본 만화의 신"이라는 별명을 얻었다.

71. 람세스 2세

뜨거운 태양의 자식
완벽한 사막의 후예
넘볼 수 없는 완벽한 왕

황금빛 햇살이 그린 왕좌 위에 서 있는
희망의 기도

바람이 춤추는 나일강
햇살을 맞이하는 람세스의 미소가 아름답다

넘쳐나는 피의 강물로 물든 대지
전쟁의 무게를 견디며 자라난 강한 왕자

그의 손에 쥐어진 들뜬 왕관,
하지만 무거운 책임과 선택의 순간은 여전하다

정말로 눈부시게 빛나는 이 왕관,

그 눈에 비친 세계의 황홀함

밝고 정확한 미래를 꿈꾸는 어린 왕자이다

하지만 삶의 길에서 찾아낸 무의미의 꽃

불멸하지 못한 불멸의 꿈

람세스 2세

기원전 1313년~기원전 1223년. 이집트 신왕국 제19왕조 제3대 파라오이다.
그의 치세 동안 이집트는 리비아, 누비아, 팔레스타인까지 세력을 확장해 번
영하였다. 대체적으로 26세에 즉위하여 64년간 통치한 뒤 90세에 죽은 것으
로 알려져 있다.

72. 피타고라스

삼각형의 미로,

숫자의 춤

삼각형의 감옥,

숫자의 고뇌

그것은 우주의 은총을 속삭이는 소리라 하겠다

삼각형의 공허,

숫자의 죄악

삼각형의 꿈,

숫자의 열쇠

그것은 우주의 미소를 알아내는 소리라 할 만하다

수학의 신비,
"모든 것은 숫자다."

절대 우주의 노래

삼각형의 그림자가 사라지고
빛이 되어 세상에 번져 간다

피타고라스

기원전 570년~기원전 495년. 이오니아의 그리스 철학자이자, 피타고라스 학
파라 불린 컬트 종교 단체의 교주이다. 그는 위대한 수학자나 신비주의자, 과
학자로서 흔히 추앙받으며, 특히 그의 이름을 딴 유명한 정리인 '피타고라스
의 정리'로 가장 널리 알려져 있다.

73. 예수

십자가에 못 박힌 선지자
안타까운 신의 아들,
무슨 아픔이 그를 울렸나?
무슨 아픔이 그를 올렸나?

그의 눈에는 눈물이, 사랑과 자비로운 마음이 세상의 비정함을
알아챈다

세상의 무지함과 아픔을 뒤로한 뒤,
결국 희망의 문을 열어 준다

십자가 너머에도 희망이 있고,
고난과 죽음을 통해 새로운 삶의 문이 열림을 알려 준다

십자가 너머에 숨겨진 교훈,
"나더러 주여 하는 자마다 천국에 다 들어갈 것이 아니요.

다만 하늘에 계신 내 아버지의 뜻대로 행하는 자라야 들어가리라."

믿음과 사랑이 만나 희망과 천국을 안겨 준다

마음에는 인류를 품은 풍부한 사랑,
그의 발걸음은 무한한 은혜로 가득하다

예수

기원전 4년경~기원후 33년경. 나사렛 예수 또는 예수 그리스도는 서기 1세기
종교 지도자로서 기독교 창시자이며 신앙의 대상이다. 기독교인 대부분은 예
수를 성육신한 성자인 동시에 구약성경에서 예언된 메시아라고 믿는다.

74. 석가모니

보리수 나무 아래 깊은 조용한 깨달음,
가부좌를 틀고 조용이 명상하는 왕자
고요한 마음으로 세상을 살아가던 선지자

눈에는 흐르는 눈물이,
세상의 불안과 고통이 그를 절대적으로 흔든다

하지만 흔들리지 않는다

연한 연두 잎처럼 평화로운 왕자,
모든 존재에 대한
깊은 깨달음을 드디어 알게 된다

"오늘의 우리는 과거의 우리가 생각한 모습이다. 인간은 생각한
대로 이루어진다."

자신의 존재를 알고 세상의 아픔을 극복하는 교훈,

고통과 이별의 순간에서

비로소 깨달음의 꽃을 피운다

안타까운 선지자,

깊은 깨달음 속에서도 인류의 고통이 그를 흔든다

석가모니

기원전 563년~기원전 483년경. 불교의 교조이며 다른 호칭으로는 세존, 석
존, 불, 여래 등 10가지 존칭과 본명인 싯다르타 가우타마가 있다. 인간의 삶
이 생로병사가 윤회하는 고통으로 이루어져 있음을 자각하고 이를 벗어나기
위해 29세 때 출가하였다.

75. 마호메트

사랑의 전령사

빛나고 강한 눈동자로 세상을 살아가던 중동의 선지자

사랑의 메시지에는
힘과 희망이 담겨 있으며,
존경받지 못할 때에도
인류에게 사랑을 전한다

사랑의 꽃은 어둠을 밝혀내며,
그는 세상에게 사랑의 교훈을 선사한다

"가장 완성된 인간이란 이웃을 두루 사랑하는 사람이다.
그 이웃이 좋고 나쁜 것을 가리지 않고 모든 사람에게 착한 일을
하는 사람이다."

흐르는 눈물은 밝은 미소로 변하며,
사랑과 이해를 계속 전한다

불안한 세상에도 끝없는 사랑을 심어 주며
그의 마음은
사막의 빛나는 깨달음으로 남는다

마호메트

570년~632년 6월 8일. 이슬람의 예언자이며 성사이다. 마호메트 또는 모하메드 등은 아랍어 여러 방언의 발음변이 및 아랍어를 차용한 여러 언어의 발음 차이로 생긴 변이형이다.

76. 히포크라테스

지혜로운 청진기의 아버지
아픈 이의 병을 치료하는 그의 손길은
마치 마법사가 휘두르는 지팡이

그 지팡이에 따라 나타나는 비둘기와 풍선들

그의 말 한마디는 마치 약과 같다
"사실(事實)의 안에는 과학과 의견이라는 두 가지가 있다.
전자는 지식을 낳고 후자는 무지를 낳는다."

병든 몸 속에 갇힌 희망의 씨앗
부드럽게 맥박을 짚고
흐르는 체액의 균형을 찾아낸다

힐링의 힘을 믿음으로 전하고 있다

그의 눈엔 과학이 번뜩이고,

상처 입은 영혼을 쳐다본다

히포크라테스

기원전 460년~기원전 370년. 고대 그리스의 페리클레스 시대 의사이고, 의학 사의 가장 중요한 인물 중의 하나이다. 보통 그를 '의학의 아버지'라고 부르 며, '히포크라스 학파'를 만들었다.

77. 페르디난드 에마누엘 에드랄린 마르코스

탐욕과 부패가 묻어나는 부질없는 인간의 모습
폭정의 지배,

국민의 고통과 아픔이 깊이 남고
거짓과 속임수,
말은 달콤하지만 그 뒤엔 거짓뿐이다

무덤 속에도 흔들리는 국민들의 저주
국민들의 희망을 삼키는 검은 그림자

국가의 재앙,
탐욕의 황제
타락의 상징
부패의 대열

그는 말한다

"가장 큰 위험은 위험하지 않다는 것이다."

그의 존재는 칠천 개의 섬에 검은 잉크

큰 위험으로 남는다

페르디난드 에마누엘 에드랄린 마르코스

1917년 9월 11일~1989년 9월 28일. 필리핀의 정치가로, 필리핀의 제10대 대통령이다. 1965년 대통령이 된 뒤 21년간 장기 집권하면서 1972년 계엄령을 공포하여 정적과 언론인을 투옥하는 등 독재체제를 구축하였다. 장장 20년간 필리핀을 철권 통치하며 계엄령 선포, 민주주의 탄압 등으로 악명을 떨쳤다.

78. 이디 아민 다다 오우메

부정의 그림자로 뒤덮인 무도한 아프리카의 밤
그의 손에는 증오와 배신의 기척만이 남아 있었고
집착 속에 갇힌 남자

학살과 소리 없는 통곡에 모든 이는 머무른다

헤쳐 나가려 할수록
어둠은 더 깊어지고

마음은 쇠사슬에 묶여 있었고
희미한 빛은

모두 다 그의 손끝에서 사라진다

"표현의 자유는 존재한다. 그러나 표현한 이후의 자유는 보장할
수 없다."

심연처럼 깊은 상처가

모든 이의 영혼을 속절없이 감싼다

인간이길 포기한 진정 짐승인가?

이디 아민 다다 오우메

Idi Amin Dada Oumee. 1923년 혹은 1925년 혹은 1928년~2003년 8월 16일. 우간다의 군인 출신 정치인으로 1971년 군사 쿠데타로 대통령에 취임하였다. 공식 교육은 거의 받지 못한 문맹이었던 이디 아민은 193cm의 거구였으며, 권투 챔피언이었다.

79. 요한 볼프강 폰 괴테

속절없는 낭만의 꽃이 피어나던 어린 시절
시간을 거슬러 빛나던
어린 날의 꿈을 품은 아름다운 청춘
그리고 지혜롭게 흘러간 세월이 덮인다

갈고 닦은 명상의 길에서 깨우친,
인간 본성과 삶의 신비한 아름다움에 대한 찬양

"오늘을 살라. 어제는 이미 지나갔고, 내일은 아직 오지 않았다."

가슴 아픈 사랑,
인생의 여정은 언제나 갈등
끝없는 탐험,
지혜의 수련과 깨딜음
그리고 얻은 세계의 지성

어둠 속의 그림자 발자국이 가려진 삶의 구석구석
그는 인간의 존재가 세상과 어우러짐을 발견한다

요한 볼프강 폰 괴테

1749년 8월 28일~1832년 3월 22일. 독일의 고전주의성향 작가이자 철학자, 과학자이다. 스물네 살 구상하기 시작하여 생을 마감하기 바로 한 해 전에 완성한 역작 《파우스트》를 마지막으로 1832년 세상을 떠났다.

80. 항우

푸른 하늘을 날던 날개의 그림자
오추마와 함께 달리던 그 시절
그러나 죽음이 스며들어 온다

바람이 불어와 칼들이 춤추는 언덕
그 안에서 그는 비로소 자유로움을 느낀다

우아하게 춤추던 시절의 기억,
절대로 잊혀지지 않는다

비참하고 허무한 세계의 침묵 속에서,
그는 고독의 깊은 심연에 빠져든다
"모든 싸움에 이겨서 천하를 얻었으나 여기서 곤경에 빠졌다.
이것은 하늘이 나를 버려서이지, 내가 싸움을 잘못한 것은 아니다."

끝없이 흐르는 삶의 냉소와 차가움,

그의 마음은 얼어붙는 바다처럼 차갑다

사방이 다른 노래로 넘쳐 나니

이젠 여길 벗어나자

피곤하고 황망하다

항우

項羽. 기원전 232년~기원전 202년. 중국 진나라 말기의 군인이자, 초한전쟁
때 초나라의 군주다. 초나라의 명장 항연(項燕)의 후손으로, 서초 패왕(西楚
覇王)에 즉위함으로써 왕이 되었다. 뒷날 유방의 도전으로 초·한간의 끝없는
전쟁에서 사면초가에 몰려 패하고 스스로 목숨을 끊었다.

81. 구스타프 클림트

숨겨 왔던 여명의 장막 속에 울려 퍼진 눈부신 황금색
금빛 속으로 살아난 예술의 마술

마치 꿈을 걷는 듯하다
두 사람의 꿈이 흠뻑 젖는다

나의 눈에 비친 세계는 그저 아름다움에 푹 빠져 있다

독창적인 세계
순간적인 아름다움과
잊을 수 없는 아픔이 어우러져 있다

가공할 색채의 난장판, 모든 것이 혼돈 속에 묻혀
그림 속 인물들은 얼굴을 가린 채,
감정의 표정은 알 수 없이 우리를 바라본다
우리도 그들을 바라본다

황홀한 그림 속에서 읽어 낸 깊은 교훈,
"예술은 당신의 생각을 둘러싼 선이다."
모두를 받아들이게 된다

인간의 복잡한 감정이 풀어져 나가고
계속해서 우리를 사로잡는다

구스타프 클림트

1862년 7월 14일~1918년 2월 6일. 오스트리아의 상징주의 화가이자 빈 분리파 운동의 주요 회원이다. 클림트는 회화, 벽화, 스케치 등의 작품을 남겼다. 작품의 주요 주제는 여성의 신체로 그의 작품은 노골적인 에로티시즘으로 유명하다.

82. 파울 요제프 괴벨스

있을 법한 인간성을 무시하는 당돌하고 쩌렁대는 울림
결국은 어둡고 썩은 정신의 축적,
그의 혀 아래 숨어 있는 죽은 수많은 삶들

"거짓말은 처음엔 부정되고 후에는 의심받는다. 하지만 되풀이하
면 결국 모두 믿게 된다."

끊임없는 학살과 노련한 파괴
인간성은 무너지고
처절한 권력만이 높이 더욱 솟아오른다

자유와 인간성을 위한 저항의 마지막 슬픈 미소
비극의 중심에서 그나마 빛을 찾아본다

탄압과 격변이 불러온 비극의 춤사위
희생된 영혼의 속삭임

어둠 속에서도 빛을 찾아가는 인간이 고달프다

하지만 우리가 알고 있었던
그 작은 인간성은 어디에 묻혔나?

파울 요제프 괴벨스

1897년 10월 29일~1945년 5월 1일. 나치 독일의 정치인으로 베를린의 대관
구 지휘자, 나치당의 최고 선전가이자 대중 계몽선전국가부의 장관이었다. 그
는 아돌프 히틀러의 가장 가깝고 헌신적인 수행자 중 한 명으로, 매우 악의적
인 반유대주의로 유명했다. 그는 홀로코스트에서 유대인을 말살하는 것을 포
함하여 더 강한 차별을 옹호했다.

83. 프란츠 페터 슈베르트

어스름이 내리쬐는 오스트리아의 석양 아래,
순수한 감성이 저마다 어루만져지는 놀라운 시간

피아노 소리가 숲속의 새들처럼 울려 퍼진다

무차별과 양식에 묶인 곡들, 단조로 울려 퍼진다
그리고 뜻밖의 반전,
무엇이든 표현 가능한 음악의 세계

절제된 감정,
마침내 폭발,
고요한 연주,
감춰진 진심

"다른 사람에게 주어졌을 때, 빛나는 쓰임이 있다."
흐르는 강물처럼 운명처럼 흘러가는 선율

인생의 모든 비극과 아름다움이 공존한다

그리고

숨겨진 감정의 폭발적 해방

프란츠 페터 슈베르트

1797년 1월 31일~1828년 11월 19일. 오스트리아의 작곡가다. 관현악곡·교회 음악·실내악·피아노곡 등 19세기 독일 리트 형식의 창시자다. 여러 가지 의문점을 남긴 채 31세로 병사한 그는 600여 편의 가곡, 13편의 교향곡, 소나타, 오페라 등을 작곡했으며, '가곡의 왕'이라고 불린다.

84. 가브리엘 보뇌르 "코코"

창조한 여성 패션의 미와 차고 넘치는 자유로움의 상징,
햇살 따라 떠도는 향기의 여인

눈 속에는 꿈과 열정만이 가득하다
감미로울 뿐이다

여인의 자존심과 우아함을 담아,
패션으로 온 세상을 사로잡는다
즐거울 뿐이다

부드러운 천으로 만든 드레스,
하지만 마음속의 어두움도 감추지 않는다

금과 진주로 붙는 세계,
각인된 패션의 무게를 홀로 짊어진다
고독할 뿐이다

지독한 비난과 비판의 소용돌이,

언제나 자신만의 길을 찾아 나선다

"우아함이란 이제 갓 사춘기를 벗어난 이들의 특권이 아니라,

이미 스스로의 미래를 꽉 잡고 있는 이들의 것이다."

드디어 세상에 자신만의 노래를 부른다

가브리엘 보뇌르 "코코"

1883년 8월 19일~1971년 1월 10일. 프랑스의 패션 디자이너, 사업가이자 샤넬의 설립자다. 그녀의 유해는 제2차 세계대전 당시 나치독일에 협력한 혐의와 조국 프랑스를 배신한 행위에 의해 망명생활을 했던 스위스의 로잔에 매장되었다.

85. 폴 포트

흑역사에 적힌 저주에 찬 한 남자

저주받은 세상의 불꽃 속에서

그는 여전히 악마와 춤을 추며 노래한다

그는 여전히 악마의 옷을 입고 걷고 있다

그 이름은 누구에게나 치명적인 두려움

피의 파티

죽음의 행렬과 레슨

모두 떨고 있다

그의 거친 발걸음,

"썩은 상자는 상자째로 버려야 한다."는 주창으로

모두가 지옥의 관문으로 향한다

모든 것을 삼키는 검은 비구름

그의 눈동자는 감시자처럼 세상을 바라본다

손목에 묻힌 고리는 열리지 않는 자유의 사슬,
그의 목소리는 고요한 폭풍

남자의 얼굴에 흘러가는 피가 그냥 전부다

폴 포트

1925년 5월 19일~1998년 4월 15일. 캄보디아의 독재자, 노동운동가, 군인,
정치인이자 공산주의 혁명가이다. 많은 국민을 심문과 고문으로 죽게 한 소위
'킬링필드'로 유명하다. 1979년 베트남군의 침공으로 정권을 잃고 북측 국경
밀림 지대로 달아나 게릴라전을 전개하다 체포되어 그 후 1998년 가택 연금
상태에서 죽었다.

86. 스티븐 윌리엄 호킹

우주의 수수께끼에 감히 도전한 천재

시간보다 빠르게 몸은 저물어 가는데,

맞서 싸울 용기만은 여전하다

불편한 육체 속에서 끝없는 지적 모험을 감행한다

우주의 수수께끼를 풀려는 지극한 마음

눈에는 무한한 우주의 아름다움이 비쳤지만,

불완전한 육체는 그를 끊임없는 고통 속에 묶어 놓는다

그는 말한다

"비록 내가 움직일 수도 없고, 컴퓨터를 통해야만 말할 수 있다고 해도,

나의 마음속에서 나는 자유롭다."

빅뱅의 고요함 속에서도

우주의 비밀을 풀어 가는 도중
죽음에 대한 두려움을 이기고자 하는 의지

언제나 우주와의 대화로 가득 차 있다

가장 자유롭게 몸을 움직이는 남자

스티븐 윌리엄 호킹

1942년 1월 8일~2018년 3월 14일. 영국의 이론물리학자이다. 블랙홀이 있는
상황에서의 우주론과 양자 중력의 연구에 크게 기여했으며, 자신의 이론 및
일반적인 우주론을 다룬 여러 대중 과학 서적을 저술했다. 2009년까지 케임
브리지 대학교 루커스 수학 석좌 교수로 재직하였다.

87. 오드리 헵번

그녀의 미소는
차라리 하늘에서 내리는 축복의 햇살,
우아함의 정수를 담아낸 극도의 여인

그림처럼 아름다운 그녀의 미소,
인생의 반전은
더 깊은 감동과 교훈을 안겨 준다

"나이가 들수록, 우리에게 손이 두 개가 있다는 것을 깨닫게 될
것이다.
하나는 자신을 돕고, 다른 하나는 다른 사람들을 돕는 데 쓸 수
있다."

인도주의의 여왕,
그녀의 눈빛에는 특별한 별이 떠오른다

별이 떨어진 밤에도
그녀의 햇살은 반짝이고,

그녀의 미소는
새로운 챕터의 시작을 알린다

진정한 아름다움의 여인

오드리 헵번

1929년 5월 4일~1993년 1월 20일. 영국의 배우이자 자선가였다. 할리우드
의 황금시대에서 영화와 패션의 아이콘으로 활동했다. 미국 영화 연구소가 선
정한 여성 배우 중 스크린 전설 3위에 랭크되었다.

88. 라파엘로 산치오 다 우르비노

그의 그림은 천상의 손길
여인들의 우아한 품격을 그려,
아름다움의 정수를 지극하게 담아낸다

무엇을 감추고 있는지 알 수 없는 신비한 예술가

그의 그림 속에는 미소 뒤의 감정이 은밀히 감춰져,
그 뒤에 펼쳐진 이야기를 알 수 없다

그 이야기를 듣고만 싶다

하늘의 푸른 색이 어둠으로 변해 가는 듯한 순간
물감의 향연을 그리듯
빛과 그림자가 서로 손을 잡는다

작품으로 선보인다

무지개 빛의 색채로 삶을 물들여 가며
그림 속에서 역사적 삶의 비밀을 찾아낸다

**"현명한 사람은 말을 잘 듣고, 잘 묻고, 잘 대답한다.
그리고 할 말이 없으면 침묵을 지킨다."**

그가 가고자 하는 현인은 무엇이었을까?

라파엘로 산치오 다 우르비노

1483년 4월 6일~1520년 4월 6일. 르네상스 시대 이탈리아의 예술가·화가이
며, 흔히 라파엘로(Raffaello)라고 불린다. 라파엘로는 젊어서부터 조형과,
감정, 빛, 공간표현 문제까지 두루 연마하였다. 그의 천재성은 16세에 그를
대가의 반열에 올려놓았다.

89. 클로드 모네

자연의 미와 꽃의 축제가 펼쳐지는 꿈속
그의 브러시는 자연의 향기를 듬뿍스럽게 불어넣는다

꽃을 쫓는 그림의 마술사

그의 그림은 한편의 꿈속

수려한 연못에 수놓인 따뜻한 물감
물감이 어둠으로
녹아들어 가는 듯한 순간
그림 속에서 새로운 의미와 용기를 발견한다

자연의 미와 아름다움을 더욱 깊게 이해한다

"내가 화가가 될 수 있었던 것은 아마도 꽃 덕분일 것이다.
나는 언제나 꽃과 함께하길 바란다."

물감의 향연 속에서 아름다움을 깨닫는다
새로운 환상의
꽃을 찾아낸다

그가 꽃이다

클로드 모네

1840년 11월 14일~1926년 12월 5일. 프랑스의 인상주의 화가로, '인상주의
의 아버지'로 불리는 인상파의 창시자이자 개척자다. 그의 작품은 예술 발전
에 중요한 것으로 평가되며 세계 회화에 큰 영향을 미쳤다.

90. 한스 크리스티안 안데르센

그의 펜은 신비로운 길을 걸어가며,
동화 속에서 색다른 이야기를 만들어 낸다

동화의 마법사,
이야기의 세계에 빠져들며
아이들의 알 수 없는 행복한 꿈이 펼쳐진다

그의 동화는 즐거움의 축제,
작은 순간에 큰 교훈을 감춰 둔다

동화 속의 세계로 여러 번 빠져들며,
저마다의 작은 기쁨이 큰 행복으로 이어진다

동화의 미소 뒤에 감춰진 감정에 마주하며,
더 깊은 이해와 사랑을 발견한다
동화 속의 캔버스에 감성을 쏟아낸다.

하지만 그가 원하는 것은 바로 진실의 삶

"인생 그 자체가 가장 훌륭한 동화다."

한스 크리스티안 안데르센

1805년 4월 2일~1875년 8월 4일. 덴마크의 동화작가이자 소설가다. 그는
사는 동안에 여러 나라 어린이들을 기쁘게 하는 데 성공했다. 그의 시와 이야
기는 150개가 넘는 언어로 번역되었다.

91. 로알 엥겔브렉트 그라브닝 아문센

인생의 거친 항해자,

바다의 품에서 가 보지 못한 꿈을 안고 있다

바다의 낭만,

푸른 파도에 흔들리는 선박의 주인

바다의 끝에서 처음의 세계가 열린다

그의 눈에는 멀리 펼쳐진 세계가,

끝없이 펼쳐진 모험의 가능성으로 언제나 가득 차 있다

무섭고 어두운 파도 끝에는 반전의 빛이,

눈을 더욱 강하게 빛나게 한다

"승리는 준비된 자에게 찾아오며, 사람들은 이를 행운이라 부른다.

패배는 미리 준비하지 않은 자에게 찾아오며, 사람들은 이를 불운이라 부른다."

사나운 폭풍우가 몰아치고,
안타까운 운명의 파도가 선박을 뒤흔든다

그의 이야기는
폭풍 뒤에는 더 나은 날씨와 함께하고
행운이 있다는 것을 알린다

로알 엥겔브렉트 그라브닝 아문센
1872년 7월 16일~1928년 6월 18일. 노르웨이의 탐험가이며, 인류 최초로 남
극점을 탐험했다. 비행선으로 북극점에 도달한 아문센은 인류 최초로 북극점
에 도달한 사람이기도 하다.

92. 헨리 포드

기계의 마음속에 갇힌 네 바퀴의 혁명가,
자동차의 발명가로 불리던 남자

자동차의 소음이 그의 마음을 그리도 흔들었던가?

알고 보면 시대의 혁신가,
자동차의 문을 열어 세상을 온통 바꾼다

"진짜 실수라고 할 수 있는 것은 아무런 교훈을 얻지 못한 실수뿐
이다."

그의 손에 의해 바퀴가 굴러가며,
도로 위에는 바쁜 미래가 완벽하게 펼쳐지기 시작한다

자동차의 출발로 이어진 꿈,
그의 열정은 세계를 향한 속도 여정을 의미한다

공장의 기계들이 경쾌한 노래를 부르며,
빠른 네 바퀴의 꿈은 몸부림친다

헨리 포드

1863년 7월 30일~1947년 4월 7일. 미국의 기술자이자 기업인으로 '포드모터 컴퍼니'의 창설자이다. 내연기관을 완성하여 1892년 자동차를 만들었고 세계 최초로 도입한 대량 생산 방식의 자동차 포드 모델 T의 제작을 시작하였는 데, 그것은 마이카 시대의 도화선이 되었다.

93. 플로렌스 나이팅게일

밤하늘의 별,
전쟁터에서 피어난 희망의 치유 샛별

아픔 속에서도 빛을 찾아,
상처 입은 병사들에게 희망의 꽃을 피운다

어둠 속의 빛,
전쟁터에서 빛나던 간호사

전쟁의 고통이 눈 앞에,
그녀의 마음에 그림자를 사정없이 드리운다

전쟁의 소리가 그녀의 귀를 애쓰게 히지만,
삶의 힘과 용기를 노래한다

환자의 손을 잡고 희망의 미소를 선사한다

"주어진 삶을 살아라. 삶은 멋진 선물이다. 삶에서 사소한 것은
아무 것도 없다."

백의의 천사

플로렌스 나이팅게일

1820년 5월 12일~1910년 8월 13일. 영국의 간호사, 작가, 통계학자이다. 잉
글랜드 성공회의 성인이기도 하며, 성공회에서는 8월 13일을 나이팅게일의 축
일로 지키고 있다. 그녀는 크림전쟁 동안 간호사와 매니저로 일함으로써 간호
학을 발전시켰다.

94. 스티븐 폴 잡스

거대한 혁신의 마음을 지닌 비전어
꿈과 혁신의 선구자
혁신의 완성자

하드웨어의 아티스트
소프트웨어의 마술사

변화된 세상을 향한 그의 열정은 무한한 가능성을 품고 있다

"우주를 놀라게 하자."

머릿속의 아이디어가
모두 현실이 되는 세상

그의 눈에는 미래의 기술과 혁신이 빛났지만
스쳐간 안타까운 천재

그의 이름은 미래의 꿈과 연결되어
새로운 시대를 연다

새로운 사과의 창시자

스티븐 폴 잡스

1955년 2월 24일~2011년 10월 5일. 미국의 기업인이었으며 애플의 전 CEO
이자 공동 창립자이다. 2011년 10월 5일 췌장암으로 사망했다. 1976년 스티
브 워즈니악, 로널드 웨인과 함께 애플을 공동 창업하고, 애플 2를 통해 개인
용 컴퓨터를 대중화했다. 2007년 아이폰을 출시했다.

95. 엘리자베스 2세

왕족의 그림자 속에 무거운 왕관을 쓴 채 서 있는 여성
찬란한 존경과 동시에
왕실의 딱딱한 규칙 속에 묶여 있는 인생

그림자 속에서 늘 자애로운 미소를 짓는 여인

그녀의 삶은 왕관 속의 고요한 비밀이 되어 간다

왕관 뒤의 진실을 찾아 나가는 순간
왕관이 느닷없이 무겁게 느껴진다
하지만 여전히 삶의 주인공

왕관 속에 사는 그녀
"내 삶이 길건 짧건 내 평생을 그대들을 섬기는 데 바칠 것을 여
러분 앞에 선언합니다."

왕위에 올라 앉으면

언론의 총알처럼 가쁜 소문이 개처럼 뒤를 쫓는다

왕위 위에 앉은 여왕

무거운 책임을 짊어진 채 역사와 소통한다

누가 그녀로부터 행복을 느꼈을까?

행복한 식민지를 경험해 봤을까?

엘리자베스 2세

1926년 4월 21일~2022년 9월 8일. 영국의 여왕으로 영국을 포함한 16개국
(영연방 왕국)과 기타 국외 영토와 보호령의 군주를 지냈다. 1952년 2월 왕위
에 올랐으며, 70년 동안 영국을 통치하다가 2022년 9월 8일 스코틀랜드 애
버딘셔에 위치한 밸모럴성에서 사망했다.

96. 비비언 리

놀라도록 빛나는 눈빛이 물든 그녀의 세계
고독한 밤에 울리는 그녀의 연기,
빛과 그림자가 함께하는 삶의 비극

무대 위의 그림자,
빛나는 눈빛으로 마음을 사로잡는 상영관 안에서의 마법사

그녀의 연기는 감성의 축제,
각색된 감정을 자유롭게 그려 낸다

그러나 마음의 고독이
음악처럼 울려 퍼지는 듯한 순간 말한다

"나는 영화 스타가 아니라 여배우예요. 영화 스타가 되는 것은
거짓 삶을 사는 거죠.
거짓된 가치관과 대중을 위해 사는 거예요."

마음속의 깊은 곳에서 나오는 한 줄기 빛
빛의 무게에 굴하지 않고
새로운 장면을 연다

비비안 리, 그녀 자체가 연기가 된다

비비언 리

1913년 11월 5일~1967년 7월 8일. 영국의 배우이다. 《바람과 함께 사라지
다》(1939)로 첫 번째, 《욕망이라는 이름의 전차》(1951)로 두 번째 아카데미
여우주연상을 받았다. 리 자신은 아름다움이 진정한 배우의 길에 걸림돌일 수
있다고 생각했지만, 실은 건강 악화가 가장 큰 장애물이었다.

97. 이소룡

날렵하고 비장한 용맹의 무희,
그만의 맹렬한 포효

쌍절곤과 함께 자유롭게 춤추는 그의 모습
무모한 도전 뒤에 감춰진,
고요하고 외로운 그의 세계

늘 광기의 도전이다

절권도의 황제,
무서운 투기와 상대 위에 군림하는 주먹과 발차기
덤비는 자들이 없다

격투의 무대 뒤에선,
맹렬한 용의 힘과는
다른 삶의 어둠이 펼쳐진다

그는 믿는다.

"한 자취의 시작은 당신 자신을 믿는 것이다."

마치 강풍을 뚫고 가듯,

더한 강풍을 뚫고 나아가듯,

진정한 힘은 자신을 알고 받아들인다

이소룡

Bruce Lee. 1940년 11월 27일~1973년 7월 20일. 미국 샌프란시스코 태생의 중국계 미국인 무술 배우이자, 무술가, 영화감독, 각본가이며, 절권도의 창시자이자 20세기를 통틀어 가장 큰 영향력을 가졌던 무술가이자 문화적 아이콘으로 평가된다. 그의 전설적인 위치, 젊은 나이에 괴이한 죽음을 맞이했다는 사실은 그의 사인에 대한 수많은 이야기를 만들어 냈다.

98. 웨일스 공비 다이애나

화려한 로즈의 모습
가장 사랑받아야 할 누군가로부터
외면받은 숨겨진 외로움의 여인

우아한 장미의 향기
지극한 아름다움으로 가득한 그녀의 모습
절대 존경과 사랑의 대상

궁전의 미끄럼틀 위에서 춤추며,
국민의 박수와는 다른 그녀의 아픔

높은 궁전의 벽 너머에 감춰진,
고요하고 외로운 그녀의 내면

그 누가 알고 있을까?
외로움 속에서도 자신의 고귀함을 발견하고 나아가는 용기,

"현재 이 세상의 가장 큰 문제는 편협함이다. 사람들은 서로에게 너무 편협하다.

로즈의 꽃잎 뒤에 감춰진 그녀의 진실된 용기,
그녀의 이야기는 끝임없이 말한다

웨일스 공비 다이애나

Diana, Princess of Wales. 1961년 7월 1일~1997년 8월 31일. 영국의 前 왕세자빈이다. 찰스 왕세자의 결혼 후 왕세자비 신분으로 결식아동 돕기 등 여러 자선활동을 펼쳤다. 아랍의 재벌 알파드의 차에 동승해 이동하던 중 교 통사고를 당해 향년 36세의 나이로 사망하였다. 2002년 BBC가 선정한 가장 위대한 영국인 3위로 선정되었다.

99. 플라톤

지혜의 선조
스승의 그림자
영원한 동반자로 충분하다

세상을 파악하는 이데아론과 윤리학
그러나 언제나 이상과 현실의 괴리

실제적인 경험을 통한 이념
그의 눈은 끊임없는 고민의 흔적

"모든 것은 죽음과 함께 사라지기 마련 아닌가."

예측불허지만 뒤집힐 수 있는 지혜
진리 속에 묻혀 있는 무한한 궁금증

천년의 세월을 넘어,

삶을 알고자 하는 노력은 끝나지 않는다

플라톤

기원전 424년~기원전 348년 또는 기원전 347년. 다양한 서양 학문에 영향력 있는 그리스의 철학자이자 사상가, 객관적 관념론의 창시자이다. 그는 소크라테스의 제자, 아리스토텔레스의 스승이다.

100. 세종대왕

동양의 지혜를 안고 온 왕 중의 왕
눈물과 희생으로 시작된 창조

비교할 수 없는 한글 창제의 빛나는 업적

동양 지혜의 정수,
마음으로부터 나온 큰 꿈

백성을 살리고자 하는 선한 마음의 왕
문물과 지식의 발전을 염두에 둔 그의 시대

그의 걸음은 역사의 나침반처럼 알고 나아가는 힘

한글의 탄생,
뜻밖의 선물
쓰고 읽는 즐거움을 민중에게 선사한다

"나라의 말이 중국과 달라 글자가 서로 통하지 않는다.

내가 이를 안타깝게 여겨 새로 스물여덟 자를 만들었으니,

사람들이 쉽게 익혀 생활이 편해지기를 바랄 뿐이다."

지혜와 희생으로 이뤄진 삶이
새로운 창조와 발전의 열쇠

지혜와 책임을 겸비한 왕 중의 왕, 韓國民의 대왕

세종대왕

世宗. 1397년 5월 15일~1450년 3월 30일. 조선의 제4대 국왕으로, 태종과 원경왕후의 아들이다. 세종은 과학기술, 예술, 문화, 국방 등 여러 분야에서 다양한 업적을 남겼다. 효율적이고 과학적인 문자 체계인 훈민정음(訓民正音)을 창제하였다.

우주보다 무거운 것

ⓒ 박성용, 2025

초판 1쇄 발행 2025년 1월 1일

지은이   박성용
펴낸이   이기봉
편집   좋은땅 편집팀
펴낸곳   도서출판 좋은땅
주소   서울특별시 마포구 양화로12길 26 지월드빌딩 (서교동 395-7)
전화   02)374-8616~7
팩스   02)374-8614
이메일   gworldbook@naver.com
홈페이지   www.g-world.co.kr

ISBN   979-11-388-3772-9 (03810)